Vente des 24, 25 et 26 Février 1908

OUVRAGES

D'ORNEMENTATION

ET

D'ARCHITECTURE

DES

XVIᵉ, XVIIᵉ ET XVIIIᵉ SIÈCLES

ESTAMPES ET DESSINS

COMPOSANT

une collection particuliére

Mᵉ A. DESVOUGES
COMMISSAIRE-PRISEUR

G. RAPILLY
EXPERT

OUVRAGES D'ORNEMENTATION

ET

D'ARCHITECTURE

DES XVIᵉ, XVIIᵉ ET XVIIIᵉ SIÈCLES

LA VENTE AURA LIEU

Les Lundi 24, Mardi 25 et Mercredi 26 Février 1908

A 2 heures précises

HOTEL DES COMMISSAIRES-PRISEURS, 9, RUE DROUOT

Salle N° 7

Par le Ministère de **Me André DESVOUGES**, commissaire-priseur

Successeur de Me Maurice DELESTRE

26, RUE DE LA GRANGE-BATELIÈRE

Assisté de M. Georges RAPILLY

marchand d'estampes de la Bibliothèque Nationale

9, QUAI MALAQUAIS

ORDRE DES VACATIONS

Lundi	24 Février.	Livres d'Art.	N°s 441 à 502
		Ornementation XVe-XVIIe siècle. . .	N°s 112 à 136
		— — . . .	N°s 1 à 111
Mardi	25 Février.	Ornementation XVIIIe siècle	N°s 288 à 389
		— —	N°s 207 à 287
Mercredi	26 Février.	Estampes et Dessins.	N°s 503 à 573
		Livres illustrés du XVIIIe siècle. . .	N°s 390 à 440
		Ornementation XVIIIe siècle	N°s 137 à 206

CONDITIONS DE LA VENTE

La vente se fait au comptant.

Les acquéreurs paieront 10 0/0 en sus du prix d'adjudication.

Les livres vendus devront être collationnés sur place dans les vingt-quatre heures de l'adjudication. Passé ce délai ils ne seront repris pour aucune cause.

M. G. RAPILLY se réserve la faculté, dans l'intérêt de la vente, de réunir ou de diviser les numéros du catalogue. Il remplira les commissions qu'on voudra bien lui confier.

Les livres et gravures composant cette collection pourront être examinés à la Librairie G. RAPILLY, 9, Quai Malaquais, du Lundi 17 au Samedi 22 février, de 2 heures à 6 heures.

CATALOGUE

DES

OUVRAGES D'ORNEMENTATION

ET

D'ARCHITECTURE

DES XVIᵉ, XVIIᵉ ET XVIIIᵉ SIÈCLES

Œuvres de Du Cerceau, Bérain, Le Pautre,
Mariette, Marot, Toro, Blondel, Boffrand, Boucher, Cuvilliés, La Joue,
Oppenort, Cauvet, Delafosse,
Forty, Huet, La Londe, Ranson, Saint-Aubin, Salembier, etc.

LIVRES A FIGURES DU XVIIIᵉ SIÈCLE

ESTAMPES ET DESSINS

COMPOSANT

Une Collection particulière

PARIS

GEORGES RAPILLY

Marchand d'Estampes de la Bibliothèque Nationale

9, QUAI MALAQUAIS

1908

CATALOGUE DES OUVRAGES

RELATIFS A

L'ORNEMENTATION

ET A

L'ARCHITECTURE

ORNEMENTATION XVᵉ ET XVIᵉ SIÈCLES

1. **Aldegrever** (Henri). Dessins de gaines dont la partie supérieure présente des figures d'hommes et de femmes ; la partie inférieure est remplie d'ornements, 8 pièces (B. 213 à 216, 225, 235, 247, 249) in-4°, demi-rel.

> Belles épreuves de pièces rares.
> On y a joint 4 montants d'ornements et panneaux de grotesques (B. 244, 279, 282, 287.)
> Ensemble 12 pièces remargées.

2. **Andrea** (Zoan). Panneaux-Arabesques entremêlés de figures (B. 23 et 28). In-fol., en ff.

> Deux pièces d'une suite de 12 estampes.
> Fort rares.

3. **Anonyme de l'École Allemande**. Dessins de gobelets couverts d'ornements et décorés de mascarons et de groupes de fruits, in-4° en feuilles.

> Deux pièces rares, gravées au pointillé. Très belles épreuves remargées.

1

4. Béham (Hans Sebald). Mascaron, vases, armoiries, dessins de chapiteaux de colonnes, frise, etc. Recueil factice de 13 p. remargées, en 1 vol. petit in-4°, cart. dos de perc. brune.

5. Boyvin (René). Histoire de Jason et de la conquête de la Toison d'Or (R. D. 39-64). Petit in-fol. cart. dos et coins de percal. jaune.

Suite complète de 26 pièces remargées. Belles épreuves du 2ᵉ état avec les numéros. On y a joint 2 pièces du même auteur, sujets bibliques et mythologiques dans des encadrements Renaissance.

6. — Dessins d'orfèvrerie, 3 pièces représ. 6 motifs : aiguières, coupes, salières, in-8°, en ff.

Pièces rares, l'une d'elles est divisée en 2 parties.

7. Bry (Théodore de). Grotisch fur alle Künstler. — Grotis pour tous artisien. Six petites pièces en forme de frises, plus une double, in-8° obl., demi-rel. veau.

Belles épreuves avec marges. On y a joint deux pièces rognées.

8. — Fonds de coupes. Huit pièces dont 7 de forme ronde et une en demi-cercle. In-4° cart.

La Charité. Le Capitaine prudent. Le Capitaine des folies. Orgueil et folie. Les Empereurs romains.

9. — Fonds de coupes, 2 pièces : le Capitaine Prudent et le Capitaine des Folies. Petit in-4° en ff.

2 pièces rares de forme ronde.

10. Bullant (Jean). Deux modèles de Frises, décorées de feuilles d'acanthe enroulées. In-fol., en ff.

2 pièces rares, gravées à l'eau-forte, signées et datées, 1565 (non citées par R. Dumesnil et Guilmard).
Épreuves remargées.

11. — Reigle generalle d'architecture des cinq manières de colonnes... à l'exemple de l'antique ; vu, recorrigé et augmenté par l'auteur de cinq autres ordres de colonnes suivant les reigles et doctrine de Vitruve. *A Paris, de l'imprimerie de Hierosme de Marnef*, 1568. In-fol. cartonné.

Ouvrage illustré de jolies fig. sur bois. Ex. à grandes marges.

12. Bullant (Jean). Reigle générale d'architecture, des cinq
manières de colonnes... à l'exemple de l'antique, suivant les
reigles et doctrines de Vitruve. Revue et corrigée par M. de
Brosse. Seconde et dernière édition. *Paris*, 1619. In-fol.
demi-bas.

> On a relié dans ce même volume l'ouvrage suivant : « Des fortifica-
> tions et artifices d'architecture et perspective de Jacques Perret, gentil-
> homme savoysien. » (*Paris, Th. de Leu, 1601*), 16 ff. de texte, 1 titre et
> 20 pl. gravées par Thomas de Leu.

13. Collaert (Adrien). Sujets mythologiques placés dans des
ronds entourés de riches ornements grotesques sur fond
noir. In-4° en ff.

> 4 pièces remargées sur des feuilles de papier ancien.
> On y a joint : 2 pièces modèles de plats dont le centre représente
> des poissons et des oiseaux.
> 2 pièces signées **P. B. F.** représentant des personnages mytholo-
> giques dans des ovales entourés d'ornements.

14. Collaert (Jean). Les Pendeloques, 1581-1582, *Philippus
Galleus, excudebat*. In-4° en ff.

> 17 pièces extraites d'une suite de 20 planches de motifs d'orfèvrerie,
> divisées en 2 cahiers, le premier donne des modèles de bijoux ornés
> de pierreries et entremêlés de figures des dieux de la Fable; le
> second représente des poissons fantastiques ornés de pierreries et
> portant sur le dos des personnages mythologiques ou bibliques.
> Épreuves remargées sur des feuilles de papier ancien. Plusieurs
> manquent de conservation.

15. De Laune (Etienne) dit Stephanus. Grotesques à fond noir
et à fond blanc. Recueil factice de 50 charmantes petites
pièces d'ornementation de formes ronde, ovale ou rectangu-
laire. Petit in-4° cart.

> Belles épreuves remargées sur papier ancien.

16. — Les douze mois de l'année, suite de 12 pièces. Combats
et Triomphes, 10 pièces en forme de frises. Le premier des
miroirs à main (R. D. 314). In-4° et in-8°, en ff.

> On y a joint 10 pièces, par ou d'après Etienne Delaune.

17. Dietterlin (Wendel). Architectura von Ausztheilung Symmetria und Proportion der fünf Seulen. *Nürnberg*, 1598,
in-fol. rel. vélin.

> Curieuses gravures sur cuivre. Exemplaire en mauvais état, incom-
> plet du portrait et de 9 pl.

18. Dietterlin (Wendel). Architectura von Ausztheilung Symmetria und Proportion der fünf Seulen. *Nürnberg*, 1655, in-fol., peau de truie estampée, fermoirs.

> Portrait et 206 pl. de décorations (au lieu de 209) les nos 119, 208 et 209 manquent.
> On a relié dans le même volume :
> 1° Kassmann. Architectur, 1653, pl. 2 à 30 plus un feuillet de texte.
> 2° Hortorum viridariorumque noviter in Europa præcipue... *Oreradt exc.* 1655, titre et 21 pl. de jardins.

19. Du Cerceau (J.-A.). Vues d'optique, 1551, 10 pièces d'une suite de 20 pl. de forme ronde, représentant des extérieurs et intérieurs de monuments antiques en perspective. In-4°, en ff.

20. — Le Livre des édifices antiques romains. S. l. 1584, 2 ff. et 48 planches. — Libro d'Antonio Labacco appartenente à l'architettura nel qual si figurano alcune notabili antiquita di Roma. *In Venetia*, 1584, 26 pl. — La Pratica di prospettiva del Cavaliere Lorenzo Sirigatti. *Venetia*, 1596, 65 pl. — Scaresius. Arcus L. Septimii Severi Aug. anaglypha, cum explicatione. *Romæ*, 1676, 6 pl. — Vetus Pictura nymphaeum referens commentariolo explicata a Luca Holstenio. *Romæ*, 1676, fig. Ensemble 5 ouvrages en 1 vol. In-fol. rel. veau.

21. — Second livre d'architecture. Recueil de 63 pl. de cheminées, puits, fontaines, pavillons, lucarnes, portes, tombeaux, sans titre ni texte. Petit in-fol. cart.

22. Meubles dessinés et gravés par J.-A. Du Cerceau. *S. l. n. d.* Petit in-fol. rel. veau.

> 41 pièces à grandes marges, d'une suite fort intéressante comprenant : Cabinets et dressoirs, 20 ff. ; tables, 11 ff. ; portes, 2 ff. ; lits, 6 ff. ; dessus de cheminée, 1 f. ; panneau orné et 2 gaines, 1 f. — On y a joint : Deux motifs de lucarnes, 2 ff. ; cheminée, 1 f. ; deux cartouches, 2 ff. ; fontaine de Verneuil, 1 f.
> On a relié dans le même volume :
> 1° Adam Philippon. Curieuses recherches de plusieurs beaux morceaux d'ornements antiques et modernes, 1645, titre, dédicace et 23 pl.
> 2° Jean Marot. Portes, cheminées, vases, autels, tombeaux, 100 pièces de différentes suites.
> 3° Pierretz. Cheminées, autels et épitaphes, 26 p.

4° Blasset. Épitaphes, 7 pièces.
5° Fanelli. Fontaines décoratives, 16 pièces.
6° Zancarli. Panneaux grotesques. 10 pièces.
Ensemble 230 pièces avec marges.

23. Du Cerceau (J.-A.). Dessins de marqueterie, dallage, mosaïque ou entrelacs. 22 pl. d'une suite de 26 pièces. In-4° en ff.

Pièces rares, avec marges inégales, plusieurs manquent de conservation.

24. — Vases, Aiguières et Coupes, 50 pièces. In-12, en ff.

Pièces rares, sans marges, quelques-unes manquent de conservation.

25. — Termes et Cariatides. Suite de 12 pièces, dont 5 avec entablements. Petit in-4°, br.

Belles épreuves collées en plein.
On y a joint : 1 pièce contenant 3 motifs : gaines ou cariatides vues de profil, avec têtes de femmes ailées, et une autre pièce représentant 2 fig. académiques, homme et femme.

26. Goltzius (Henri). Pallas, Vénus et Junon, 3 pièces de forme ovale dans des bordures avec attributs. In-fol. en ff.

Belles épreuves. — On y a joint 2 autres pièces allégoriques de forme ovale, représentant Cérès et Vénus.

27. Maître de 1551. Aiguière richement ornée dont l'anse est ornée d'un satyre jouant de la flûte. Petit in-fol.

Très belle épreuve remargée d'une pièce fort rare.

28. — Hanap décoré d'ornements variés. Petit in-fol.

Belle épreuve remargée d'une pièce rare.

29. Miniatures du XV⁰ siècle. Initiales italiennes, montées sur bristol.

5 initiales formées de motifs d'ornements, de feuilles d'acanthes, etc., et 1 montant de page, provenant de missels, d'antiphonaires et autres manuscrits italiens du XV⁰ siècle.
L'une de ces initiales appartient à la Préface d'un manuscrit des *Statuts de la Confrérie des Pénitents de S. Quirico de Rome*, établie sous Sixte IV, en l'année 1482. Elle contient le portrait du saint et est accompagnée, au bas de la page, des armoiries de l'association religieuse, soutenues par deux pénitents vêtus de noir (Collection Gelis-Didot).

30. Miniatures. Recueil d'initiales, montées sur bristol.

> 41 initiales, exécutées en Italie, sur des fonds d'or poli ou sur des fonds de couleurs, et provenant d'antiphonaires du xv° siècle. Conçues dans un style où les feuilles d'acanthes forment la base de l'ornementation, elles offrent un des plus beaux spécimens artistiques de cette époque (Collection Gelis-Didot).

31. Orfèvrerie. Modèles d'orfèvrerie, 40 pièces gravées par différents maîtres du xvi° et xvii° siècles. In-8° et in-4°, en ff.

32. Renbage (Henrich). Quinque Sensuum typi in usum aurifabrorum exarati Colon. Agr. apud Crispinum Passaeum. Petit in-4°, demi-rel.

> Titre en double état et 5 p. représentant les cinq sens dans des ovales entourés d'ornements entremêlés d'oiseaux. On y a joint 3 petites pièces d'ornements d'orfèvrerie dont une avec le nom de l'artiste.

33. Sambin (Hugues). OEuvre de la diversité des termes dont on use en architecture. *A Lyon, par Jean Durant*, 1572. Petit in-fol., fig. sur bois, cart.

> Ex. rogné et incomplet de 3 feuillets.

34. Serrurerie. Modèles de décorations pour entrées de serrures et de têtes de clefs. In-fol., cart., dos de percal. bleue.

> Recueil factice de 27 pièces ou nielles des xvi° et xvii° siècles par Nicolas Seigneury, Didier Torner et divers anonymes. Toutes ces pièces, en mauvais état de conservation, sont soigneusement remontées sur papier ancien de format petit in-fol.

35. S. G. Neues Blumenn Büchlein. Suite de 8 petites pièces en forme de frises donnant des modèles de fleurs pour l'orfèvrerie. Petit in-4°, demi-rel.

> Belles épreuves remargées. Le même volume contient 6 petites pièces anonymes : oiseaux dans des ornements.

36. Solis (Virgile). Gobelet avec son couvercle qui est surmonté d'une femme nue enchâssée dans une espèce de cartouche; elle porte un panier de fruits sur sa tête. Petit in-fol.

> Très belle épreuve avec marges sur trois côtés. Très rare.

37. — Dessin de vases, de gobelets et d'aiguières. Petit in-fol. en feuilles.

6 pièces fort bien gravées donnant de précieux modèles d'orfèvrerie :

N° 3. Vase avec couvercle surmonté d'une figure de Cérès.
N° 5. Vase avec couvercle surmonté d'un aigle :
N° 6. Gobelet avec couvercle surmonté d'un vase à fleurs.
N° 7. Vase avec couvercle surmonté de la figure du Sauveur.
N° 8. Vase dont la panse est ornée de têtes d'anges.
N° 11. Aiguière dont l'anse est ornée d'un cheval marin.
Belles épreuves remargées de pièces fort rares.

38. **Vico** (Enée). Vases et Aiguières. *Rome*, 1543, 6 pièces.
In-4°, en ff.

On y a joint 3 pièces, vases et aiguières, gravées par Augustin Véni-
tien, 1531.

ORNEMENTATION XVII° SIÈCLE

39. **Alphabet** orné de figures mythologiques dans des encadrements décorés de figures et d'ornements. 20 pièces en un vol.
in-8° oblong, vélin blanc.

40. **Architecture à la Mode**. Recueil factice de 165 pl. par
Le Pautre, Bullet, Cottart, Le Roux, Loire, Blondel, etc.,
éditées par Langlois et Mariette. Petit in-fol. rel. veau.

Portails d'églises, portes cochères, cheminées, lambris, intérieurs
d'appartements, cartouches, fontaines, jardins, etc.

41. **Arquebuserie** par et d'après Marcou, Jacquinet et autres,
15 pièces, plusieurs en mauvais état. In-8° en ff.

42. **Audran** (Claude). Les Mois de l'année. 5 pièces (d'une suite
de 6) contenant 10 montants d'ornements, gravés par son
frère. In-fol. en feuilles.

Belles épreuves avant toutes lettres.

43. **Barbet** (J.). Livre d'architecture d'autels et de cheminées,
dédié à Mgr le cardinal duc de Richelieu, etc. De l'invention
et dessin de J. Barbet. Gravé à l'eau-forte par A. Bosse. *Paris*,
1633. In-4°, demi-veau fauve, dos à nerfs.

21 pl. gravées par Bosse, remontées sur papier vergé.

44. Baumann (David). Ein neues Buch von allerhand Gold-Arbeit... 1695. *J. F. Léopold, exc.* In-fol. demi-rel. dos et coins de veau marbré, dos orné, tête dorée.

> Suite de 17 pl. d'orfèvrerie et joaillerie y compris le titre. On y a joint 3 pièces doubles nos 10, 12 et 13.

45. Bérain (Jean). **Ornements inventés par J. Bérain** et se vendent chez ledit autheur Aux Galleries du Louvre. Avec Privilège du Roy. *Paris,* s. d. In-fol. rel. veau. (*Aux armes de Maximilien Emmanuel, prince électeur de Bavière.*)

> Très bel exemplaire comprenant le portrait de Bérain, gravé par Duflos, 1709, d'après Vivien et 141 pl. tirées sur 135 feuilles, y compris 2 titres, l'un avant la lettre.
>
> Cet ouvrage donne d'intéressants spécimens de décoration et d'ameublement de style Louis XIV ; panneaux et arabesques, cheminées, corniches, chapiteaux, meubles, bronzes, serrureries, panneaux de carrosses, pompes funèbres, jardins, parterres de broderie, etc.
>
> Cet exemplaire, déjà très précieux par le grand nombre de pièces qu'il contient, renferme en outre une pièce rare connue sous le nom de *Cabinet des Broderies* qui manque à presque tous les exemplaires.
>
> La reliure a été habilement restaurée.

46. — Diverses pièces très utiles pour les Arquebuzières. Nouvellement inventées et gravées par Jean Bérain, le jeune. *Et se vendent chez le Blond, à Paris,* 1667. Petit in-4° en ff.

> Suite complète de 10 pièces y compris le titre orné. La dernière, de double format, est remargée.

47. — Livre de dessins de Cheminées, Panneaux-Arabesques, etc., 14 pièces, publiées par Jérémias Wolff. In-fol., en ff.

48. Bérain, Chauveau et Le Moine. Ornements de peinture et de sculpture qui sont dans la Galerie d'Apollon au chasteau du Louvre et dans le grand Appartement du Roy au Palais des Tuileries, 1710. In-fol. demi-rel. veau.

> Suite de 29 pl. gravées par Bérain, Chauveau, Le Moine et Scotin.
> On a relié dans le même volume :
> Belvédère que Mgr le comte de Bruhl fit bâtir en 1751, titre et 5 pl. gravées par Michel Keyl, 1761.

49. Blüm (Hans). V columnæ das ist Beschreibung und Gebrauch der V Säulen. *Zurich, Jacob Bodmer,* 1627. 3 parties en 1 vol. In-fol. demi-rel.

> Curieuses gravures sur bois.

50. Bonnart (A Paris, chez N.). Nouveau livre de Grille, suite de 6 pièces. In-fol. en feuilles.

105

> Belles épreuves à toutes marges.

51. Bosse (ABRAHAM). Traité des manières de dessiner les ordres de l'architecture antique en toutes leurs parties. *Paris, Clouzier*, 1684. In-fol. rel. veau.

> 91 planches gravées : ordres d'architecture, décorations de portes et cheminées.

52. Boulle (A.-Ch.). Nouveaux dessins de meubles et ouvrages de bronze et de marquetterie, inventés et gravés par André Charles Boulle. *A Paris, chez Mariette*, s. d. In-fol. demi-rel., dos et coins de maroq. brun.

110

> Six pièces d'une suite de 8 estampes (nᵒˢ 1 à 4, 6 et 7).
> On y a joint : 2 pièces supplémentaires attribuées à Boulle dont l'une donne des modèles de médailliers, de cartonniers et un socle supportant un groupe. L'autre représente 2 meubles dont l'un avec fronton.
> Le même vol. contient 3 pièces doubles de la même suite nᶜˢ 2, 3, 4, et une copie allemande du nᵒ 1. — Ens. 12 pièces.

53. Boyceau. Modèles de parterres de broderies. *A Paris, chez de Poilly*, 8 pièces. In-fol. en ff.

54. Brisville. Diverses pièces de serruriers, inventées par Hugues Brisville, Maître serrurier à Paris, et gravées par Jean Bérain. *A Paris, chez l'auteur*, 1662. Petit in-4ᵒ, en ff.

105

> Suite complète de 16 pièces y compris le titre et la dédicace.
> On y a joint le portrait de Brisville dans un encadrement orné, gravé par Ladame, format in-fol.

55. — Diverses pièces de serruriers inventées par Hugues Brisville, maître serrurier à Paris, et gravées par Jean Bérain. *A Paris, chez l'auteur*, 1662. In-fol. cart. dos et coins de perc. brune.

> Titre, dédicace et 14 pièces remargées.

56. — Diverses pièces de serruriers inventées par Hugues Brisville et gravées par Jean Bérain. *A Paris, chez Mariette*, s. d. Petit in-fol., cart. dos et coins de percal. grise.

120

> Suite de 16 pièces y compris le titre et la dédicace. Ex. à grandes marges.

57. Charmeton (Georges). Montants d'ornements. *A Paris, chez Audran*, s. d. In-fol. maroq. vert, dos orné, fil. dent. int. tr. dorée. (*Durvand-Thivet.*)

> 30 pl. gravées par **N. Robert**, divisées en 5 cahiers :
> 1° Ornements servant de montants propres pour beaucoup de sortes d'ouvrages et particulièrement pour les ateliers de peinture et sculpture.
> 2° Ornements dessinés par G. Charmeton.
> 3° Montants propres pour plusieurs sortes d'ouvrages.
> 4° Divers ornements pour servir à toutes sortes d'artisans.
> 5° Plusieurs sortes d'ornements comme panneaux ou montants scabellons, plafonds, pantes de lits servant à la broderie et autres.

58. — Dessins de plafonds inventés par le sieur Charmeton. *A Paris, chez Audran*. In-fol. en ff.

> Suite complète de 6 pièces représentant des quarts de plafonds richement ornés.

59. — Ornements de plusieurs sortes inventés par G. Charmeton, peintre — Cintres et panneaux pour servir à des carrosses et autres ornements, 1676. *A Paris, chez G. Audran*. In-4°. en ff.

> 12 pièces gravées par **N. Robert** formant 2 suites de chacune 6 pièces.
> On y a joint 9 pièces doubles.

60. Collan (Jacques). Nouveau livre d'ornements gravés en taille d'épargne enrichis de figures pour l'usage des orfèvres, graveurs, orlogeurs. *Rotterdam*, s. d. In-8° demi-rel. chagr. brun.

> Suite de 6 p. de modèles d'ornements pour l'orfèvrerie et la bijouterie. Rare.

61. Cotelle (Jean). Livre de divers ornemens pour plafonds, cintres surbaissez, galleries et autres de l'invention de Jean Cotelle, peintre ordinaire du Roy. *A Paris, chez Mariette,* s. d. Gr. in-4°, demi-maroq. vert.

> Titre, dédicace, portrait de la princesse de Guéméné et 19 pièces numérotées 3 à 21.

62. Daudet (E.-J.). Nouveaux livres d'ornements propre pour peintre, graveur, orfèvres et autres. Inventée et gravée par Estienne Joseph Daudet. Petit in-fol., en ff.

> 8 pièces d'une suite de 12 estampes représentant des rinceaux d'ornements entremêlés de figures d'hommes et d'animaux.

63. D'Aviler (Augustin-Charles). Les cinq ordres d'architecture de Vincent Scamozzi, vicentin, architecte de la république de Venise: tiré du sixième livre de son idée générale d'architecture : avec les planches originales. *A Paris, chez J.-B. Coignard*, 1685. Petit in-fol., veau marbré, dos orné, pl.

64. De la Barre (P.). Livre de toutes sortes de feuilles servant à l'orfèvrerie, inventées par P. De La Barre, Md. orphèvre à Paris. *A Paris, chez Langlois*. In-fol., en ff.

> 4 pièces (1, 2, 4, 5) d'une suite de 6 grands bouquets d'orfèvrerie, genre cosses de pois. Épreuves remargées.

65. Delorme (Ph.). Architecture de Philibert Delorme, conseiller et aumosnier ordinaire du Roy... Œuvre entière contenant 11 livres, augmentée de deux ; et autres figures non encore vues, tant pour desseins qu'ornements de maison... *Rouen, chez David-Ferrand*, 1648. Petit in-fol. veau écaille, dos orné, tr. rouge, grav. sur bois.

66. Dolivar (Jean). Livre de cartouches nouvellement inventé et gravé par Jean d'Olivar. *Et se vend à Paris chez Mme Le Pautre*, s. d. Petit in-fol. demi-rel. chagr. vert.

> Suite complète de 6 pl. y compris le titre ; la 4⁰ n'a pas de marges.

67. Du Cerceau (Paul-Androuet). Nouveau livre d'ornements d'orfèvrerie, fait par Du Cerceau. *A Paris, chez N. Langlois*, cahier in-4⁰, obl.

> Suite de 6 pièces avec marges. On y a joint 7 pièces d'un livre de montants, édité par F. Poilly.

68. — Nouveau livre d'ornements d'orfèvrerie. *Paris, Langlois*, s. d., 6 pl. — Frises propres pour les orfèvres, sculpteurs, marqueteurs, etc. Nouvellement inventées et gravées par A. Du Cerceau. *Paris, Langlois*, s. d., 13 pl. — Ornements et fleurs pour la broderie... par Androuet Du Cerceau. *Paris, Langlois*, s. d., 3 pl. — Le 1er livre de divers ornements, de feuillages, en forme de panneaux à l'usage de ceux qui exercent le dessein, inventez et gravez par A. Ducerceau. *Paris, Poilly*, s. d., 15 pl. gravées par Poilly. — Ens. 37 pl. en 1 vol., in-4⁰ obl., cart.

> Épreuves avec marges de différentes grandeurs.

69. Francard. Portes cochères de menuiserie, nouvellement gravées sur des dessins de M. Francard. *A Paris, chez Mariette*. In-fol., en ff.

> Suite de 6 pièces avec marges, mais en mauvais état de conservation.
>
> On y a joint 3 pièces doubles de l'édition Langlois.

70. Francini (ALEXANDRE). Fontaines et grottes. Petit in-fol. rel. veau, tr. rouge.

> Recueil de 54 planches gravées par Abraham Bosse, Michel Lasne et autres, représentant des fontaines et grottes des châteaux de Saint-Germain-en-Laye, Fontainebleau et autres. Ex. de la Bibliothèque Heré avec son ex-libris.

71. — Livre d'architecture contenant plusieurs portiques de différentes inventions sur les cinq ordres de colonnes. *A Paris, chez Melchior Tavernier*, 1631. In-fol. veau ant. tr. r.

> Suite complète de 40 pièces (1 à xxxx).

72. Gallays (P.). Buffet à la mode, ou l'on voit la menuiserie la plus nouvelle ; plusieurs pièces d'orfévrerie des plus à la mode et plusieurs pièces de porcelaine, aussi des plus à la mode. Gr. in-fol.

> Très curieuse pièce.

73. Gelys (MEINERT) Grateske boer Golt Smeden Sesrynwerkes ende andere des noedies Sebbende. In-4° en feuilles.

> 9 pièces rares. Dessins pour nielles, grands motifs en silhouette. Épreuves remargées.

74. Gribelin (SIMON). A book of several ornements 1682 — A new book of ornements useful to all artists. — A book ornaments useful to jewellers, watch-makers, etc. Petit in-fol. cart. dos et coins de perc. rose.

> Recueil factice de 24 p., montées sur 18 feuilles, dont 2 titres. Sept de ces pièces dont 2 doubles représentent des panneaux ornés de rinceaux, avec motifs de la Fable dans des écussons ; sept autres représentent des petites frises, des ronds et des ovales sur fond noir.

75. Guérard (N.). Livre nouveau de principes d'ornements très facile pour apprendre à dessiner, 4 pièces y compris le titre. — Cheminées nouvelles des plus à la mode. *A Paris, chez N. Guérard*, suite de 6 pièces ; ens. 10 pièces. In-fol, en ff.

76. Hyron (Wolff) von Bömmel. Neu ersonnene Gold-Schmieds-Brillen, Ander Theil. *Nürnberg, Weigel.* Petit in-fol. oblong, en feuilles.

> 6 pièces d'une suite de 12 p. de dessins d'orfèvrerie représentant des animaux, des figures, des cavaliers combattants, formés par des rinceaux en feuillages d'orfèvrerie.

77. Jacquard (Antoine). Dessins de Gardes d'épées, de Pommeaux et de Bouts de gaines, 6 pièces. Petit in-4° en ff.

> On y a joint 10 pièces par ou attribuées à Jacquard : ornements pour entrées de serrures, têtes de clefs, etc. Plusieurs sont en mauvais état.

78. Janssen (Henri). Les grands ovales, suite de 4 pièces représentant les quatre éléments entourés d'arabesques sur fond gris, entremêlés de figures d'hommes, d'oiseaux, de poissons, etc. Petit in-4°, demi-percal.

> Belles épreuves remargées.
> Le même recueil contient :
> Les quatre petits montants, charmantes compositions sur fond noir décorées de feuillages et entremêlées de figures d'hommes et d'animaux.
> Les Noces de Cana, une pièce ovale dans un encadrement enrichi d'ornements.
> Ens. 9 pièces.

79. Jardins. Plans de jardins et de bosquets, parterres de broderie, portiques, treillages, etc. Recueil factice de 74 pl. d'après Le Bouteux, Le Nôtre, Le Blond, Bouticourt, etc., éditées par Mariette et Langlois, en 1 vol. in-4° rel. veau, dos orné, tr. marbr.

> Parterres des jardins de Trianon, Versailles, Meudon, des Tuileries, du Palais Royal, des hôtels de Louvois, de Marsan, de Boucherat, etc.

80. Jousse (Mathurin). **La Fidelle ouverture de l'art de Serrurier** où l'on voit les principaux préceptes, desseings et figures touchant les expériences et opérations manuelles dudict art. Ensemble un petit traicté de diverses trempes. Le tout faict et composé par Mathurin Jousse de La Flèche. *A La Flèche, Chez Georges Griveau*, 1627. Pet. in-fol., fig., mar. bleu jans. tr. dor. (Lortic.)

> Ouvrage rare orné de nombreuses planches gravées sur bois et sur cuivre donnant des modèles de clés, serrures, grilles, puits, etc.

81. Krammer (Gabriel). Architectura von den funf Seulen… *Getruck zu Cöln*, s. d. (1610), titre gravé, 4 ff. de texte et 28 pl. In-fol. parch.

82. La Guertière. Recueil des Grotesques de Raphaël D'Urbin, peintes dans les loges du Vatican à Rome, dessinées et gravées par F. de La Guertière, peintre du Roi. *A Paris, chez Le Blond.* suite de 17 pièces y compris le titre. In-fol., en ff.

> On y a joint 12 p. doubles.

83. Langlois. Dessins de divers ornemens et moulures antiques et modernes, propres pour l'architecture, peinture, sculpture, orfèvrerie, broderie, marqueterie, damasquinerie, menuiserie, serrurerie et autres arts. Avec le nom de chaque ornement. *A Paris, chez N. Langlois s. d.*, in-4º, demi-rel. mar. orange.

> Titre et 6 planches : frises, moulures, baguettes, rinceaux, entrelacs, etc.

84. Lauch (J. Fr.). Neue Uhr-Gehäuse auf allerhand Maniren. *J. Ch. Weigel, exc.* In-fol. en feuilles.

> 6 pièces remargées représentant des horloges.

85. Le Brun. Grand escalier du château de Versailles, dit Escalier des Ambassadeurs, ordonné et peint par Charles Le Brun. *Paris, chez Louis Surugue*, s. d. (1725), in-fol. cart. dos de vélin vert.

> Texte gravé et 24 belles planches par Simonneau et Surugue.

86. — Divers dessins de Décorations de Pavillons, inventez par M. Le Brun premier peintre du Roy. *Paris, Edelinck*, s. d. In-fol., demi-maroq. vert, coins.

> Titre gravé et 13 pièces reproduisant les pavillons de Marly.

87. — Les douze mois de l'année, suite de 12 pièces gravées par Surugue et Thomassin. In-8º, en ff.

88. Lefebvre (François). Livre de Fleurs et de Feuilles pour servir à l'art d'orfèvrerie invanté par François Lefebvre, maistre orfèvre à Paris. *A Paris, chez Pierre Mariette.* In-4º, en ff.

> Suite de 6 pièces représentant des bouquets de feuillages d'orfèvrerie, au bas desquels on voit des scènes de personnages dans le genre de Callot.

89. **Le Juge** (T.). Livre de feuillages et d'ouvrages d'orfèvrerie,
inventés et gravés par T. Le Juge. In-fol. dos et coins de perc.
grise.

> 6 pièces de grand format, y compris le titre, représentant de nom-
> breux motifs d'orfèvrerie et de joaillerie. On y a joint 7 pièces provenant
> de différentes suites.

90. **Le Moyne** (JEAN). Plusieurs dessins de Plafonds, inventés
et gravés par J. Le Moyne de Paris. *A Paris, chez Duchange,*
7 p. y compris le titre. — Ornements pour servir aux peintres,
gravés par J. Le Moyne, 1693, 5 pièces; ens. 12 pièces.
In-fol., en ff.

91. **Le Muet** (PIERRE). Manière de bien bastir pour toutes sortes
de personnes, revue, augmentée et enrichie en cette seconde
édition de plusieurs figures de beaux bastiments et édifices
de l'invention dudit sieur Le Muet et autres. *A Paris, chez
Langlois,* 1647. In-fol. maroq. rouge, dos orné, encadrements
de filets ornés aux angles, dent. int., armoiries sur les plats,
tr. dorée. (Duru.)

> Les 31 pl. de la seconde partie donnent les plans, élévations, coupes
> et détails des châteaux de Pontz en Champagne, de Tanlay en Bour-
> gogne, de Chavigny en Touraine, de l'hôtel Davaux à Paris, etc.

92. **Lepautre** (ANT.). Les œuvres d'architecture d'Anthoine
Lepautre, architecte ordinaire du Roy, avec privilège. *A
Paris, chez Jombert,* s. d., 2 parties en 1 vol. Petit in-fol. veau
ant., dos orné, tr. rouge.

> 38 pp. de texte et 60 pl. gravées, la plupart doubles.

93. **Le Pautre** (JEAN). **Œuvres d'architecture de Jean
Le Pautre,** architecte, dessinateur et graveur du Roy. *Paris,
Ch. Ant. Jombert,* 1751, 3 vol. Petit in-fol. rel. veau marbré,
tr. jaspée.

> Ce recueil formé des principales suites de décoration et d'orne-
> ment de Jean Le Pautre, réimprimées par Jombert, comprend 3 fron-
> tispices différents et 782 planches.

94. — Œuvres d'architecture. *Paris, Ch.-A. Jombert,* 1751.
Petit in-fol., veau ant., tr. rouge.

> Tome second des œuvres de J. Lepautre, contenant les 268 planches
> de portes, cheminées, lambris, alcôves, plafonds, etc., etc.
> La pl. 5 et 6 du 52ᵉ cahier manque ; une pl. est détachée de la reliure.

95. Le Pautre (JEAN). Livre de serrurerie inventé par Jean Le Pautre et gravé par Jacques Le Pautre. *A Paris, sous les charniers Saints-Innocents*, s. d. 12 pièces. Petit in-fol. rel. veau.

On a relié dans le même volume :

1º Hasté. Livre de serrurerie dédié à M. de l'Espine, 13 pièces,

2º Collot. Pièces d'architecture où sont comprises plusieurs sortes de cheminées, portes, tabernacles, etc., 1633, 12 pièces.

3º Girard. Plusieurs cheminées qui sont à présent en usage, 12 pièces au trait.

4º Pierretz le Jeune. Livre de panneaux d'ornements, 17 pièces.

5º Le Pautre et autres. Cheminées, lambris, chapelles, portes, etc., 60 pièces.

Ensemble 126 pièces.

96. — Livre d'académies pour apprendre à bien dessiner, 18 pièces. — Écussons ou entrées de serrures, 6 p. — Livre de Serrurerie, 12 pièces. — Vases, 6 p. — Chandeliers, 6 p. — Cheminées, tables, miroirs, frises, montants d'ornements, décorations de carrosses, etc.; ensemble 80 pièces de format in-4º et in-fol.

Belles épreuves publiées pour la plupart par Le Blond, Poilly et Gantrel. On y a joint le portrait de Jean Le Pautre, dessiné et gravé par lui-même ; pièce rare.

97. — Recueil de planches de décorations extérieures et intérieures : panneaux, ornements pour carrosses, plafonds, vases, lambris, jardins et parterres, portes cochères, décorations de théâtre, chapelles, cheminées, alcôves, etc. In-4º obl. rel. veau. (Rel. fatiguée.)

Recueil factice de 108 pl. de Le Pautre, éditées par Mariette, Langlois et Le Blond.

On y a joint :

Nouveaux dessins d'alcôves, inventés et gravés par J. Marot, suite de 8 p.

Ornamenti di fregi et fogliami, 6 p., par Corn. Galle.

Ensemble 122 p.

98. — Recueil factice de 32 pl. de décoration et d'ornementation : Alcôves à la Royale, cheminées, autels, bancs d'œuvre, fontaines et jardins, etc. Petit in-4º, rel. vélin.

Le même recueil contient 6 pl. de cheminées, par Barbet.

99. Le Pautre et **Jean Marot**. Vases, burettes à la Romaine, lits à la Romaine, portes en placards, lambris, plafonds. Recueil factice de 58 pièces éditées par Poilly, Langlois et Mariette, en 1 vol. Petit in-fol. rel. veau.

100. Le Pautre (Pierre). Les Plans, Coupes, Profils et Élévations de la chapelle du Château royal de Versailles. *Paris, Demortain*. In-fol. veau ant. (*13 p.*)

101. Le Roy (Henri). Frises d'ornements d'orfèvrerie ornées d'oiseaux posés sur des branches d'arbres, 6 pièces. In-4°, en ff.

102. Loir. Plafonds à la moderne, suite de 12 pièces. — Nouveaux dessins d'ornements pour l'embellissement des carrosses, panneaux, lambris, etc., 5 pièces. — Plafonds, montants, ornements divers; ens. 30 pièces. In-4°, en ff.

103. — Desseins pour embellir les chaises roulantes, nouvellement inventez par N. Loire et gravez par A. Loire. *A Paris, chez Langlois. s. d.* In-fol. demi-rel. maroq. bleu.

> Suite de 6 pl. y compris le titre.

104. Loris. Le Thresor des parterres de l'univers, contenant les figures et pourtraits des plus beaux compartiments, cabanes et labyrinthes des jardinages, tant à l'allemande qu'à la française. Avec la manière de les construire, compasser et former dextrement. *A Genève, par Estienne Gamonet*, 1629. Petit in-4°, veau écaille, dos orné, filets, dent. int., tr. rouge.

> Illustré de près de 200 figures sur bois donnant des plans de parterres et labyrinthes.

105. Mansart (Jean) l'aîné. Diverses décorations de cheminées. *A Paris, chez de Poilly*. In-fol., en ff.

> Suite de 6 pièces composant le cahier A.
> On y a joint 2 pièces (n°ˢ 5 et 6) du cahier B représentant un cadre de glace et une cheminée.

106. Marot (Jean). (Architecture Française.) Plans, élévations, coupes et détails des principaux palais, châteaux, hôtels particuliers, églises, etc. existant à Paris ou aux environs sous le règne de Louis XIV. *S. l. n. d.* In-fol. rel. veau, tr. rouge.

> Recueil factice de 196 pl. connu sous le nom de *Grand Marot*. Notre exemplaire contient une table intitulée : *Table du recueil cy-dessus des planches des sieurs Marot père et fils*.
> Les deux plafonds du Louvre et la pl. représentant une loterie s'y trouvent également.

107. Marot (Jean). Recueil des plans, profils et élévations de plusieurs palais, châteaux, églises, sépultures, grotes et hôtels bâtis dans Paris et aux environs, etc. *Paris*, s. d. In-4°, veau marb. tr. rouge.

Petit Marot cont. 134 pl.

108. — Plusieurs sortes de manières de vases faicts revestus de plusieurs ornements à la méthode antique. *A Paris, chez P. Mariette*, s. d. In-4° demi-chag. rouge, coins.

Suite complète de 1 titre et de 20 pl. On a relié dans ce même vol. 70 pl. de vases, jardins, parterres et portiques, par Lepautre, J. Fanelli, Polidore de Caravagio, etc.

109. — Plusieurs sortes de manières de vases faicts et revestus de plusieurs ornements à la méthode antique. *A Paris, chez Mariette*, s. d. In-4°, cart.

Suite complète de 1 titre et 20 pièces.

110. — Motifs de serrurerie : balcons, impostes, targettes. Petit in-4°, en ff,

12 pièces tirées sur 6 feuilles.
On y a joint :
Porte de fer du vestibule du château de Maisons, 1 p.
Modèles de plafonds, 2 p. de gr. format.

111. Marot (Daniel). **Œuvres du sieur D. Marot** architecte de Guillaume III, Roy de la Grande Bretagne... *A Amsterdam, chez l'auteur*, 1712. In-fol. en feuilles dans un carton.

168 pièces : perspectives, arcs de triomphe, portes cochères et d'églises, fontaines, cabinets de jardins, tombeaux, panneaux, carrosses, dessus de portes, plafonds, cages d'escaliers, décors de théâtre, cheminées, intérieurs d'appartements, lits, modèles d'orfèvrerie, pendules, horloges, vases, broderies, jardins, serrurerie, etc.
On y a joint :
Le portrait de D. Marot, gravé par Gole, et 16 p. doubles ou copies.
Toutes ces pièces soigneusement remargées sur papier à la forme donnent de précieux spécimens du goût français à la fin du xvii° siècle.

112. Mitelli (Agostino). Arabesques. Recueil de 40 pièces, moitiés de montants d'ornements, montées en 1 vol. In-fol. cart. perc. grise.

113. Mitelli (Aug.). Cartouches d'Agostino Mitelli, 1636. Petit in-fol., cart.

> Réimpression exécutée au xviiiᵉ siècle par *Huquier*.
> Ce recueil comprend :
> 1° La suite de 24 pièces, dédiée « All ill. Sig. Francᵒ Maria Zambeccari », datée de 1636.
> 2° La suite de 12 pièces, signée : « Agⁿᵒ Mitelli in. Bononiæ ».
> 3° Une suite, sans aucune inscription, de 12 grands cartouches, genre coquille, de style Louis XIII.
> 4° 10 pièces (la plupart d'ancien tirage, mais défectueuses) : Cartouches, plafonds, vases, tombeau, etc.
> Ensemble 58 planches remargées.

114. — Cartouches et montants d'Ornements, 1636, suite de 24 p. — Cartouches, suite de 12 pièces. Ens. 36 pièces. Petit in-fol., en ff.

115. Moncornet (Balthasar). Livre nouveau de toutes sortes d'ouvrages d'orfèvrerie, recueillies des meilleurs ouvriers de ce temps, *et se vendent chez Jean Moncornet*. In-8°, en ff.

> 5 pièces d'une suite de 12 planches représentant des ornements de joaillerie, avec des petites vues de monuments ou paysages dans le bas.
> 2 de ces pièces sont rognées.

116. Monnoyer (Jean-Baptiste). Livre de toutes sortes de fleurs, d'après nature. *Paris, N. Poilly*, s. d. In-fol., demi-rel., vélin.

> Recueil de 56 belles planches de fleurs dessinées par Monnoyer et gravées par lui-même ou par Vauquier.
> Livre de toutes sortes de fleurs, suite de 12 p. ;
> Corbeilles de fleurs, 4 p. ;
> Vases diaphanes, 8 p. tirées sur 4 feuilles ;
> Fleurs d'après nature, 12 p. tirées sur 6 feuilles ;
> Plusieurs paniers de fleurs, 4 gr. pl. doubles ;
> Plusieurs vases de fleurs, 9 gr. pl. doubles ;
> Plusieurs corbeilles de fleurs, 3 gr. pl. doubles ;
> Guirlandes de fleurs, 2 gr. pl. doubles ;
> Grands vases de fleurs, 2 gr. pl. doubles.
> On a relié dans le même volume : Diverses fleurs mises en bouquets par J. Bailly, suite de 12 p. tirées sur 6 feuilles.
> Ensemble 68 pièces.

117. Perrault (Ch.). Le Cabinet des beaux-arts, ou recueil d'estampes grav. d'après les tableaux d'un plafond, où les beaux-arts sont représentés, avec l'explication en prose et en vers (*Paris*), 1690. In-4°, obl. veau ant.

> Texte de 42 pp. orné de 14 fig. dont 12 hors texte par ou d'après Lepautre, Coypel, Audran, Boulogne, etc., rel. fatiguée.

118. Pierretz (D. A.). Recherches de plusieurs beaux morceaux d'ornements antiques et modernes, comme trophées, frises, masques, feuillages et autres. *A Paris, chez Pierre Mariette*, s. d. In-4°, demi-chag. brun, tête dorée, tr. rouge.

> Le même vol. contient les suites suivantes gravées par Pierretz :
> 1° Livre de vases et ornements, titre et 12 pièces ;
> 2° Livre de divers panneaux enrichis de plusieurs ornements et grotesques, 14 p. ;
> 3° Livre d'autels et tabernacles, 17 pièces ;
> 4° Tombeaux, 15 p. ;
> 5° Feuillages modernes faits au château royal de Fontainebleau, 6 p.;
> 6° Cheminées, vases, portiques, etc.
> Ens. 128 pièces, la plupart remargées.

119. — Recherches de plusieurs beaux morceaux d'ornements antiques et modernes, comme trophées, frises, masques, feuillages et autres, dessinés et gravés par A. Pierretz. *A Paris, chez Pierre Mariette le fils*, 14 pièces d'une suite de 33 pl. In-4°, en ff.

120. Pierretz le jeune. Livre nouveau de serrurerie. *Paris, F. Poilly*, s. d. In-4 obl. rel. vélin.

> Suite complète de 12 pièces avec marges.
> On y a joint: Figures d'académie pour apprendre à dessiner, gravées par S. L. C., 1673, 32 p. sur 16 feuilles : Figures d'animaux, gravées par Hollar et Gaywood, 11 p. ; Amours par N. Loir, 6 pièces.
> Ensemble 45 planches.

121. Poilly (A Paris chez F.). Nouveaux Lambris, cheminées et portes de chambres. Petit in-fol., en ff.

> Suite de 6 pièces, épreuves à toutes marges.

122. — Nouveau livre de Rampes d'escaliers et balcons, 7 pièces. In-fol , en ff.

123. Radi (Bernadino). Varie inventioni per depositi di Bernadino Radi Cortonese. *Roma*, 1625. In-fol. maroq. rouge, dos orné, compart. de filets, dent. int., armoiries sur les plats, tr. dorée.

> Titre et 28 pl. représentant des autels et des tombeaux.
> On a relié dans le même vol. : Bonticque menuiserie... Amsterdam, 1642, titre et 10 planches: ordres d'architecture, meubles et décorations intérieures.

124. Rembeur (JEAN DE) ET NICOLAS **Seigneurie**. Livre nouveau pour l'art de serrurier, inventé par Jean de Rembeur et Nicolas Seigneurie. *Se vend à Paris chez Jollain*, 1668. In-4°, en ff.

15 pièces y compris le titre.

125. Roupert (LOUIS). Dessins de feuillages et d'ornements pour l'orfèvrerie et la niellure, 1668, 6 p. gravées par Louis Cossin. In-fol. cart. dos et coins de perc. bleue.

Épreuves remargées. Une pièce double ajoutée.

126. Simonin. Plusieurs pièces et ornements d'arquebuzerie les plus en usage, tiré des ouvrages de Laurent le Languedoc, Arquebuzier du Roy, et d'autres ornements. *A Paris*, 1684. Petit in-fol., en ff.

8 pièces remargées y compris le titre. On y a joint une épreuve double du titre, édition de 1705.

127. Stella (JACQUES). Divers ornements d'architecture, recueillis et dessegnés (*sic*), après l'antique par M. Stella, peintre ordinaire du Roy et chevalier de son ordre de Saint Michel. *Paris*, 1658. In-fol., veau granit. dos orné, tr. rouge.

Suite complète de 66 pièces, plus le titre. Cachet sur le titre.

128. — Divers ornements d'architecture, recueillis et dességnés après l'antique. *Paris*, 1658. — Livre de vases inventé par Stella. *Paris*, 1667. Ens. 2 ouvrages reliés en 1 vol. in-fol., veau ant.

2 suites complètes de 66 et 50 pièces.

129. Tapisseries du Roy, où sont représentez les quatre élémens et les quatre saisons. Avec les devises qui les accompagnent, et leur explication. *A Paris, chez Sébastien Mabre-Cramoisy*, 1679. In-fol., veau marbré, dos et plats ornés, tr. marb.

5 vignettes et cul-de-lampe, d'après Boilly, gravés par Lepautre et Leclerc; 1 titre frontisp. 2 titres ornés pour les devises, 8 gr. pl. et 32 fig. allégoriques, accompagnées de vers de Perrault et autres, par Ch. Lebrun, gravés par Le Clerc et autres.

130. Thuraine et Le Hollandois. Plusieurs models des plus nouvelles manières qui sont en usage en l'art d'arquebuzerie, avec les ornements les plus convenables. Le tout tiré des ouvrages de Thuraine et le Hollandois, arquebuzier ordinaire de Sa Majesté et gravé par Jacquinet. Et se vend le présent livre, chez les autheurs avec privilège, 1660. In-4° obl. mar. vert à long grain, tr. marb.

Suite de 12 pièces, plus le titre; elles sont accompagnées de 3 autres pièces représentant des ateliers d'arquebuserie, entourés de divers motifs parmi lesquels on voit les noms des principaux arquebusiers de l'époque.

Ensemble 16 pièces.

Epreuves à grandes marges et en parfait état de conservation.

131. Toutin (J.). Dessins d'orfèvrerie, feuillages, médaillons, etc., accompagnés de paysages, scènes populaires, atelier d'orfèvre, etc. Petit in-4°, cart.

12 pièces remargées, plus une double. Elles sont datées 1618 et 1619.

132. Van Vianen. Le Congrès de la paix. *La Haye*, 1697. Petit in-fol., en ff.

8 pièces remargées représentant les intérieurs des appartements où fut signé le Traité de Ryswick en 1697.

133. Vauquier (Jean). Livres de fleurs propres pour orfèvres et graveurs. In-4°, cart.

Recueil factice de 19 pièces (dont 2 titres), représentant des dessins pour cuvettes de montres, frises, bouquets de fleurs, etc., provenant de différentes suites.

134. Versailles. Recueil factice de décorations intérieures et de vues du château de Versailles et des écuries. 30 pl. in-fol. d'après Le Brun, Mignard, Israel Silvestre, Le Pautre. In-fol. demi-rel. veau.

L'escalier des Ambassadeurs, peint par Le Brun, 8 pl. — Plafond de la Galerie du Petit Appartement du Roy, peint par Mignard, 3 p. — Plans et vues du château et des jardins, 16 p. par Silvestre. — Elévations des Ecuries et de l'Orangerie, 3 p. gravées par P. Le Pautre et Nolin, d'après Mansart.

135. Vouet (Simon). Livre de diverses grotesques, peintes dans le cabinet et bains de la reyne régente au Palais-Royal, par Simon Vouet, peintre du roy et gravées par Michel Dorigny, 1647. *Paris, aux galeries du Louvre*. In-4°, cart.

Titre et 14 planches de très bon style Louis XIII, représentant des panneaux formés par des ornements et des figures encadrant des paysages, des chiffres ou des sujets mythologiques. Exemplaire grand de marges.

Portrait de Simon Vouet, gravé par Périer, ajouté.

136. **Vouet** (Simon). Livre de diverses grotesques, peintes dans le cabinet et bains de la reyne régente au Palais-Royal, par Simon Vouet, peintre du roy, et gravées par Michel Dorigny. *A Paris, aux galeries du Louvre*, 1647. In-fol., dérelié.

Suite de 16 pièces y compris le titre et 2 dédicaces. Épreuves avec marges.

ORNEMENTATION XVIIIᵉ SIÈCLE ET EMPIRE

137. **Albertolli** (Giocondo). Alcune decorazioni di nobili sale ed altri ornamenti : 23 p., 1787. — Ornamenti diversi, 24 p., 1782. — Miscellanea par i Jiovani del disegno, 20 p., 1796. *Milan*. 1782-1796, 3 titres et 67 pièces en 1 vol. In-fol., demi-maroq. grenat, tr. j.

Ces 67 pièces d'Albertolli sont gravées par Giacomo Mercoli et Andrea de Bernadis.

138. **Babel** (P.-E.). Différents compartiments d'ornements, suite de 8 pièces. — Cartouches pour être accompagnés de suposts et trophées, suite de 4 pièces. — Fontaines en forme de cartouches, suite de 4 p. — Fontaines décorées, suite de 4 p. — Cartouche décoré d'une fontaine en pyramide, Cartouche représentant fontaine et jardinages, Cartouche représentant des sujets d'eau, Cartouche avec des trophées et pyramide, 4 pièces. *A Paris, chez Jacques Chéreau*, ens. 24 pièces. In-fol., en ff.

Superbes épreuves à grandes marges de charmantes pièces dessinées et gravées par Babel.

139. — Suite de divers cartouches inventés par Babel. — Différents compartiments d'ornements. — Fontaines en forme de cartouche. — Frontispices de divers ouvrages, encadrements, etc., 40 pièces dépareillées, in-4° et in-fol. en ff.

140. Bachelier. Collection de Culs-de-lampe et fleurons, inventés et dessinés par M. Bachelier, Peintre du Roy, tirée de la grande édition in-folio des fables de la Fontaine, et gravés par Choffard. *A Paris, chez la veuve Chéreau.* In-4°, en ff.

Suite complète de 12 pièces à toutes marges. On y a joint 4 pièces doubles (n°s 2 à 5).

141. Balechou (J.-J.). Livre de divers desseins d'ornements. Utile aux personnes qui commencent à s'appliquer au dessein; et à ceux que leur profession oblige d'en faire usage. Gravé par Balechou. *A Paris, chez la veuve de F. Chéreau.* In-fol., en ff.

Titre-frontisp., portrait de Balechou, gravé par Cathelin, et 20 p. d'ornements représentant des tables, moulures de cadres, portes, cheminées, consoles supportant des pendules, orfèvrerie religieuse, etc.
Épreuves à marges inégales, plusieurs sont remargées.
On y a joint 8 p. doubles.
Guilmard attribue les dessins de ces pièces à Lainé.

142. Bellay. Différentes pensées d'ornements arabesques à divers usages, divisés en deux parties. *A Paris, chez Huquier.* In-4°, en ff.

Suite complète de 20 pièces représentant des modèles d'écrans et des motifs de dessus de portes, 2 motifs sur la feuille.
Superbes épreuves à toutes marges et en parfait état de conservation.

143. — Différentes pensées d'ornements arabesques à divers usages, première suite. *A Paris, chez Huquier.* In-4°, en ff.

9 pièces du cahier A (n°s 2 à 10). Epreuves sans marges.
On y a joint une pièce double (n° 3) à grandes marges.

144. — Premier (et second) livre de Panneaux et Fantaisies propre à ceux qui aiment les ornements, inventés par Bellay, et gravés par Huquier. *A Paris, chez Huquier.* In-4°, en ff.

Titre du second livre et 13 pièces, dont plusieurs doubles, contenant chacune 2 panneaux arabesques avec motifs chinois.
On y a joint 8 pièces de la même suite ne contenant chacune qu'un seul panneau.

145. Berthault. Cartels nouveaux décorés pour l'Architecture, Peinture, Sculpture. *A Paris, chez Jacques Chéreau.* In-8°, en ff.

Suite de **9** charmantes petites pièces avec marges. On y a joint 1 pièce : porte-montre d'un très nouveau goût, in-4° avec marges.

146. Bertren (Théodore). Son OEuvre, composé de 57 pièces de format in-4° et in-8°, en ff.

Livre de Médaillons pour l'ornement des voitures et divers usages, suite de 6 pièces grands médaillons ovales entourés de fleurs.

Deuxième livre de Médaillons pour l'ornement des voitures, 5 pièces (nᵒˢ 2 à 6).

Troisième livre de Médaillons, Trophées, Vases et autres sujets nouveaux, 5 p. (nᵒˢ 2 à 6).

Deuxième suite de Fleurs dessinées d'après nature, 1765, 7 pièces y compris le titre.

Deuxième cahier d'Ovales et de Médaillons, pour les bijoux et voitures, suite de 8 p.

Deuxième cahier de Trophées et de Fleurs pour les bijoutiers, 5 pièces.

Troisième cahier de Trophées et de Fleurs pour les bijoutiers, suite de 8 p.

Nouveaux Trophées qui peuvent servir à toutes sortes de Médaillons utiles à tous ouvrages de Bijouterie, 1771, suite de 8 p.

Cahier de Cartouches pour inscriptions et étiquettes, 5 p.

147. — Médaillons et trophées par Théodore Bertren. *Paris* (1766-1771). In-4°, veau marbré, fil., tr. rouge.

1. 1ᵉʳ (et 2ᵉ) cahier d'ovales et de médaillons pour les bijoux et les voitures, 11 pièces (sur 16) en 2 cahiers (manque 5 pièces dans le 2ᵉ cahier).

2. Divers trophées pour les bijoutiers, 17 pièces de divers cahiers.

3. [Petits Vases]. *Paris, Daumont*, 8 pièces.

4. Médaillons, trophées, vases, 1771, 6 pièces.

5. Trophées nouveaux pour la peinture, sculpture, etc., 6 p.

Ensemble 47 pièces.

148. Bibiena (G. G.). Architetture, e Prospettive dedicate alla Maestà di Carlo sesto, imperador de Romani. *Augustae*, 1740. In-fol., veau anc.

Frontispice, portrait et 50 pl. divisées en 5 parties de chacune 10 pl. gravées par Pfeffel.

149. Binelli et Fay, Serrurerie moderne. *A Paris, chez Jean.* Petit in-fol., en ff.

XIIᵉ cahier, 4 pièces dessinées par Binelli et gravées par Queverdo.

XIIIᵉ cahier, 4 pièces dessinées par Binelli et gravées par Queverdo.

XIVᵉ cahier, 6 pièces dessinées et gravées par Fay.

XVᵉ cahier, 4 pièces dessinées et gravées par Fay.

150. Blondel (J. F.). De la Distribution des Maisons de plaisance et de la décoration des édifices en général. *Paris, Ch.-Ant. Jombert*, 1737-38, 2 vol. in-4°, demi-bas. ant.

> Frontis. de Cochin et 160 pl. gravées par Blondel. Décoration intérieure style Louis XV.

151. — Livre nouveau ou règles des cinq ordres d'architecture, par J. Barozzio de Vignole, nouvellement revu, corrigé et augmenté par M. B*** architecte du Roy, le tout enrichi de cartels, culs-de-lampe, figures et vignettes, d'après MM. Blondel, Cochin et Babel. *A Paris, chez Charpentier*, 1757. In-fol. demi-rel., dos et coins de maroq. rouge, tête dorée.

> 103 pl. (au lieu de 109) de motifs d'architecture, décoration intérieure, serrurerie, etc. Belles épreuves de 1er tirage.

152. — Livre nouveau ou règles des cinq ordres d'architecture, par Jacques Barozzio de Vignole, nouvellement revu, corrigé et augmenté par M. B*** (Blondel). *Paris, Petit*, 1767. In-fol., demi-percal. noire.

> 104 pl. gravées. — On y a joint 2 pl. doubles, par Piranesi et Müller (Saint Pierre de Rome et Saint Paul de Londres).

153. — Cours d'Architecture, ou traité de la décoration, distribution et construction des bâtiments; contenant les leçons données en 1750 et les années suivantes, par J.-F. Blondel. *Paris, Desaint*, 1771-1777, 6 vol. in-8° de texte, et 3 vol. in-8° de planches, veau fauve, tr. r.

> Cet ouvrage, connu sous le nom de « Petit Blondel », a été terminé par Patte. Il est fort estimé pour les beaux motifs de décoration et d'ornement que contiennent ses 376 pl. gravées.
> Ex. incomplet de la pl. 23 du tome 4.

154. Blondel (MARIE-MICHELLE). Profils et ornements de vases exécutés en marbre, bronze et plomb, dans les jardins de Versailles, Trianon et Marly, gravés par Marie-Michelle Blondel. *Se vend à Paris, chez François Blondel, architecte du Roy*, s. d. In-4°, demi-rel. dos et coins de chag. vert.

> Titre et 19 pièces, d'une suite de 25. quelques cassures habilement restaurées.

155. Boffrand. Livre d'architecture contenant les principes généraux de cet art et les plans, élévations et profils de quelques-uns des bâtiments faits en France et dans les pays étrangers. *Paris*, 1745. In-fol., rel. veau, tr. rouge.

> Ouvrage recherché pour les belles planches de décorations intérieures qu'il contient.
>
> On a relié dans le même vol. : Description de ce qui a été pratiqué pour fondre en bronze d'un seul jet la figure équestre de Louis XIV élevée par la ville de Paris dans la place de Louis le Grand par le sieur Boffrand, Paris, 1743, avec 18 planches.

156. Bonnet. Principes de fleurs coloriées. *A Paris, chez Bonnet*. 10 p. In-4° en feuilles.

> Belles épreuves imprimées en couleurs.

157. Bonthomme (G.). Livre de différents balcons composés par Gabriel Bonthomme, maître serrurier. *Chez Crépy*, suite de 6 pièces. In-4° en feuilles.

> Belles épreuves à toutes marges.

158. B... (Bonthomme). Premier (Troisième) cahier de serrurerie inventé et dessiné par B... en 1777. *Se vend à Paris, rue Saint-Jacques*, suite de 18 p. en 3 cahiers. In-4° en feuilles.

> Belles épreuves à toutes marges.

159. Borch. Nouveau Livre de Cartouches à l'usage de différents artistes. *A Paris, chez la veuve de François Chéreau*. In-4°, en ff.

> Suite de 7 pièces, y compris le titre, gravées par Marel.
> Belles épreuves à grandes marges.
> On y a joint le titre d'un autre livre de Cartouches dessinés et gravés par Borch.

160. Boucher (François). Premier (cinquième) livre de Groupes d'Enfants, par F. Boucher. *A Paris, chez J.-F. Chéreau et chez Huquier*, s. d. In-fol. demi-rel. dos et coins de veau fauve, dos orné, tête dor. (Pagnant.)

> 29 pièces gravées par P. Aveline, La Rue, Huquier fils.
> Le même recueil contient
> 4 p. doubles de la suite ci-dessus.
> 4 p. Les Éléments, gravées par J. Daullé.
> 8 p. Livre des Arts (deux sont en double état).
> 7 p. Retour de chasse, Pêcheurs, la Balançoire, l'Amour oiseleur, etc, par Huquier, Lépicié, Duflos.

4 p. Les Éléments, par Duflos.

4 p. Les Saisons, par le même.

8 p. diverses : Les Amours en gaîté, les Amours folâtres, l'Amour moissonneur, etc.

Ensemble 68 pièces.

161. Boucher (François). Groupes d'Amours ; Têtes de femmes ; Sujets allégoriques, 13 pièces gravées à la manière du crayon par Demarteau et Bonnet. In-fol., en ff.

Belles épreuves tirées pour la plupart à la sanguine.

162. — Têtes de jeunes filles : Ce geste menaçant... Que ton sort est charmant... 2 pièces gravées par Huquier fils.

Belles épreuves à toutes marges.

163. — Livre de Chinois dessiné par Boucher et gravé par Aveline. *A Londres, chez Major.* Petit in-fol., en ff.

Suite de 7 pièces en mauvais état de conservation.

On y a joint 3 autres pièces d'après Boucher, gravées par Huquier et Demarteau.

164. — Panneaux Arabesques : Triomphe de Pomone ; Triomphe de Priape ; Hommage champêtre ; Léda ; Rocaille, etc. 8 pièces dont 2 doubles, de format gr. in-fol. en hauteur, gravées par Duflos et Cochin.

165. — Sujets allégoriques : Apollon et les Muses ; l'Architecture ; la Peinture ; la Bascule ; Sujets chinois. 8 pièces gr. In-fol., gravées par Huquier, Aveline et autres.

166. — Diverses Fontaines. *Joh. Georg Hertel, excud.* Petit in-fol., en ff.

Suite de 7 pièces à toutes marges.

On y a joint le titre du second livre de fontaines, édition Huquier.

167. Boucher fils. (Livre de Meubles et de Décoration intérieure et extérieure.) *Paris, Le Père et Avaulez.* s. d. (vers 1772). Petit in-fol., en ff. dans 2 cartons.

255 planches, gravées par Dupin, Blanchon, Pelletier, Boutrois, etc. d'une suite de 390 pièces en 65 cahiers donnant d'intéressants specimens de Meubles et de Décoration Louis XVI : Lits, Sièges, Commodes, Tables, Bureaux, Bibliothèques, Cheminées, Panneaux, Lambris, Chandeliers, Grilles, Balcons, etc., etc.

Marges inégales, beaucoup de ces planches sont non rognées. Quelque taches.

168. Boucher fils. Livre de Meubles, 35 planches dépareillées, épreuves doubles de la suite précédente ; marges inégales.

100

169. — Deuxième Recueil de Décoration intérieure et extérieure, par Jules-François Boucher fils. *Paris, Chéreau,* 1774. Pet. in-fol., cart.

-150

> Cette seconde série de l'OEuvre de *Boucher fils* comprend quinze cahiers de 4 pièces chacun désignés par les lettres A à P. : *A. Décoration de Lambris pour chambres à cheminées.* — *B. Élévations d'Alcôves.* — *C. Panneaux de lambris.* — *D. Élévation d'une Croisée entre deux lambris, etc.* — *E. Plans et élévations d'une Croisée entre deux panneaux de lambris, etc.* — *F. Élévations de Buffets.* — *G. Élévations et développement d'Armoires et de Commodes.* — *H. Plan et élévations de Bibliothèques.* — *I. Élévation et profils de portes cochères.* — *K. Plan et élévation d'une Salle de compagnie, etc.* — *L. Salles à manger et vestibules.* — *M. Salons.* — *N. Chambres à coucher, Cabinets de Toilette et Boudoir.* — *O. Galeries et Salons.* — *P. Cabinets de curiosité, Bibliothèques et Médailliers.*
>
> Ensemble 60 pièces gravées par *Berthault, De la Gardette, Coupeaux, Bichard et Duval.*
>
> Quelques pl. ont été remargées ou restaurées.

170. — Premier cahier d'Arabesques, par F. Bo. *A Paris, rue Saint-Jacques.* In-4°, en ff.

> 5 pièces à toutes marges.
> On y a joint le titre de 5e cahier d'arabesques, et 3 pièces par Janinet et Bonnet, imprimées en sanguine et représentant des ruines de monuments antiques.

171. Bourdon (Pierre). Livre premier (et second). Essais de Gravure, par Pierre Bourdon. Maître Graveur à Paris. Où l'on voit de beaux contours d'ornemens traités dans le goût de l'Art, propre aux Horlogeurs, Orfèvres, Cizeleurs, Graveurs et à toutes autres personnes curieuses. *Se vendent à Paris chez l'auteur.* 2 cahiers in-4° obl., brochés.

150

> 14 planches en 2 cahiers. Belles épreuves à toutes marges. On y a joint 6 pièces du 3e cahier, épreuves rognées.

172. Brainclair (Mlle). Guichets des Croisées de Clagny et des Tuileries, d'après R. L., 9 pièces. In-fol. en ff.

> 5 de ces pièces sont tirées en sanguine.

173. Briseux. Traité complet d'architecture, divisé par leçons, d'après les cinq ordres, tirées des meilleurs architectes avec cent-trente-huit planches en taille-douce, contenant les plus beaux monumens de l'Europe. *Paris, F. Bastien*, an V, 2 vol. in-4°, cartonnés.

> Cet exemplaire appartient, en réalité, à l'édition de 1752, laquelle a pour titre : « Traité du beau essentiel dans les arts, appliqué particulièrement à l'architecture». Le reste de cette édition fut acheté par Ferdinand Bastien qui lui substitua le présent titre qui porte son nom.
>
> Portrait de Briseux, par Wille ; Frontispices, Têtes de pages, Culs-de-lampe, composés et gravés par Huet, Marvye et Choffart, et 138 pl. de motifs d'architecture et de décoration intérieure, serrurerie de style Louis XV. Ouvrage entièrement gravé.

174. Bruchon (N.). Cahier de six cheminées nouvelles. *A Paris, chez Chéreau*. In-fol., en ff.

> Suite complète de 6 pièces, gravées par Le Meunier.

175. Brunetti (GAETANO). Sixty different sorts of ornaments invented by Gaetano Brunetti, italian painter. Very usefull to painters, sculptors, stones-carvers, wood-carvers, silversmiths, etc. (*Londres*), 1736. In-4°, rel. veau, dos refait.

> Suite complète de 60 pièces y compris le titre et le reçu du prix de la collection.

176. Caillouet. Cahiers de serrurerie. *A Paris, chez Chéreau et chez Basset*, s. d. In-fol. demi-rel., dos et coins de mar. bleu.

> 22 pl. de balcons, grilles d'églises, appuis de communion, rampes, gravées par Foin et de Saint-Morien.
> On y a joint :
> 8 p. Aubert-Parent. Rampes et balcons, 1788;
> 4 p. Cahier de balcons dans le nouveau goût. *Paris, Chéreau*.

177. — Principes d'ornements, dessinés par Caillouët, et gravés par Lucien. *A Paris, chez Basset*. In-fol., en ff.

> 30 pièces d'une suite de 36 pl. divisées en 9 cahiers. Le 9e représente des vases.
> On y a joint une pièce du 11e cahier.

178. Cauvet (G.-P.). **Recueil d'ornemens** à l'usage des jeunes artistes qui se destinent à la décoration des bâtimens. Dédié à Monsieur, par G.-P. Cauvet, sculpteur de S. A. R. *A Paris chez l'auteur*, 1777. In-fol. demi-rel. dos et coins de mar. grenat, dos orné, tête dor. (Pagnant.)

Bel exemplaire composé du titre gravé, du frontispice avec portrait du comte de Provence, d'une dédicace et de 109 planches d'ornements gravées par Miger, Martini, Petit, Liottier, Le Roy, tirées sur 76 feuilles plus une feuille imprimée pour le Privilège du Roy.

On a ajouté à cet exemplaire 18 feuilles en double état : noir, bistre et sanguine.

En tout 98 feuilles, titres et texte compris, la plupart à toutes marges Un exemplaire aussi complet se trouve rarement.

179. Chalgrain. Plan, coupes et élévations, profils de l'église de Saint-Philippe-du-Roule. *s. l. n. d.* In-fol. br.

17 pl., y compris le titre et la dédicace, gravées par Taraval.

180. Charpentier (R.). Premier livre de différents Trophées, inventez par R. Charpentier, sculpteur du Roi et gravé par Huquier. *A Paris, chez Le Père et Avaulez.* Petit in-fol., en ff.

Suite complète de 12 pièces à grandes marges.
On y a joint 8 pièces du 2e livre de Trophées (n°s 2, 5, 7 à 12).
Épreuves à marges inégales.
Ensemble 20 pièces.

181. — Premier livre de différents Trophées, inventez par R. Charpentier, et gravé par Huquier. *A Paris, chez Le Père et Avaulez.* Petit in-fol. en ff.

11 pièces d'une suite de 12, le titre manque.
On y a joint 3 doubles et 3 pièces du 2e livre. Ensemble 17 pièces.

182. Chedel (P.-Q.). Second Livre de Fantaisies, Cartouches, Ornements, Fontaines et Paysages, gravé par P. Q. C. — Fantaisies nouvelles, 1738. *A Paris, chez la Vve Chéreau.* In-8° et in-4°, en ff.

2 suites complètes de chacune 6 pièces.
Belles épreuves avec marges.

183. Cherpitel. Différents Trophées dessinés et gravés par Cherpitel. *A Paris, chez la Vve de F. Chéreau*, 8 pièces. In-4°, en ff.

184. Chippendale (Thomas), The gentleman and cabinet-maker's director. Being a large collection of the most elegant and useful designs of houshold furniture in the Gothic, chinese and modern taste. *London*, 1754. In-fol. demi-veau.

Ex. de 1er tirage cont. 160 pl. représ. des Meubles : chaises, lits, bureaux, commodes, bibliothèques, etc., etc. La planche 12 manque.
Quelques taches et déchirures.

185. Chippendale (Th.). The gentleman and cabinet-maker's director : being a large collection of the most fashionable taste. *Londres*, 1762. In-fol. veau rac. tr. j.

> Troisième édit. cont. 200 pl. gravées représ. des Meubles en tous genres : chaises, fauteuils, canapés, lits, girandoles, cadres, buffets d'orgues, armoires pour horloges, etc., etc. Les pl. 45 et 46 manquent.

186. — The gentleman and Cabinet-Maker's Director. *London*, 1762. In-fol. demi-chagr. bleu.

> 200 pl. de décorations intérieures et meubles anglais. Le titre et le texte manquent; les 32 premières planches sont remplacées par des calques et 18 autres planches sont découpées et remontées; les autres planches sont non rognées.

187. Choffard (P.-P.). Grands motifs d'Ornements rocailles et Fleurs, gravés par L. Bonnet. *A Paris, chez la Vve de F. Chéreau*, in-fol., en ff.

> 4 pièces gravées à la manière du crayon et imprimées à la sanguine. On y a joint 5 pièces doubles.

188. — Livre d'Écussons et Cartels dessiné par P. P. Choffard, suite de 7 pièces. In-8°.

> Belles épreuves avec marges.
> On y a joint 4 pièces du même artiste, écussons et culs-de-lampe.

189. Clermont. Différentes Pensées d'Ornements, inventées et dessinées par Clermont, Professeur et Directeur de l'Académie de la ville de Reims. *A Paris, chez Daumont*. In-fol., en ff.

> 5 pièces (nos 1 à 5) gravées par Courteille à la manière du crayon et imprimées en sanguine.

190. Cochin (C. N.). Histoire de l'Hôtel royal des Invalides... par Me Jean-Joseph Granet. Enrichie d'estampes représentant les plans, coupes et élévations géométrales de ce grand édifice... dessinées et gravées par Cochin, graveur du Roy. *A Paris, chez Guillaume Desprez*, 1736. In-fol. veau granit, dos orné, tr. r.

> 103 pl. gravées par Cochin.

191. Contant d'Ivry (Pierre). OEuvres d'architecture. *Paris*, 1769. In-fol. demi-veau rac. tr. r.

> 72 pl. gravées par Taraval et Barabé et portrait de l'artiste gravé par Vangelisty d'après Houel. La reliure est en mauvais état.

192. Copland (H.). New Book of Ornaments, by H. Copland. *Londres, 1746.* Petit in-4°, en ff.

> 7 pièces y compris le titre. Épreuves remargées.

193. Cornille. Retables d'autels, Portes cochères, Armoires et buffets, Bancs d'œuvre, Lambris, Stalles d'églises, etc. In-4° obl. demi-rel.

> 28 pl. de l'œuvre de Cornille (cahiers 1, 2, 5, 6, 8, 11, 12).
> On y a joint : 7 p. Décoration intérieure, par Blondel.

194. — Buffets d'orgues, chaires à prêcher, confessionnal, boutique vitrée, 6 pièces gravées par Monchelet. In-fol., en ff.

195. Cruycen (L. Vander). Nouveau livre de Desseins contenant les ouvrages de la Joaillerie inventés et dessinés par L. Vander Cruycen, en 1770. *Se vend à Paris, chez l'auteur.* In-fol., en ff.

> Suite de 12 pièces y compris le titre. Quelques déchirures restaurées.

196. Cuvilliés (Fr. de). Livre de Serrurerie, nouvellement inventé par François de Cuvilliés... gravé par Ch. Alb. de Lespilliez, et se vend chez l'auteur. In-fol. demi-rel. veau marbré.

> Suite complète de 12 pièces (cahiers G et H de l'œuvre). Très belles épreuves à grandes marges.

197. Cuvilliés, père et fils. Morceaux de caprice à divers usages. — Livre d'études dessiné par MM. de Cuvilliés père et fils, d'après différents morceaux exécutés, etc. In-fol. en feuilles dans un carton.

> 150 pl. dépareillées; motifs de décoration : panneaux, commodes, guéridons, portes, bordures de tableaux, plafonds, lambris, vases, trophées, etc.
> Ces compositions sont très utiles à consulter comme type du genre rocaille.
> Marges inégales.

198. Dagommer (Ch.) et **Desmoulins.** Livres d'animaux dans le goût du crayon. *A Paris, chez Demarteau et chez Bonnet.* In-fol., en ff.

> 18 pièces imprimées en sanguine extraites de différents cahiers.
> Marges inégales.

199. Darly (Mathias). The ornamental-architect or young-artists instructor. *London,.s. d. (1770)*. In-fol. demi-rel. veau.

> 102 pl. gravées donnant de nombreux motifs de décoration et d'ornementation. Exemplaire en mauvais état de conservation, incomplet de la pl. 68.

200. D'Aviler. Cours d'architecture qui comprend les ordres de Vignole... Plusieurs nouveaux dessins, ornements et préceptes contenant la distribution, la décoration et la construction des édifices, etc. *Paris, Mariette, 1720*. 2 vol. petit in-4°, rel. veau.

> Illustré de nombreuses planches : Architecture, décoration, serrurerie, jardins.

201. — Cours d'architecture qui comprend les ordres de Vignole, avec des commentaires, les figures et les descriptions de ses plus beaux bâtiments et ceux de Michel-Ange... Nouvelle édit. rev. aug. par Pierre-Jean Mariette. *Paris, 1750*. In-4°, veau ant. dos orné, tr. rouge. *Planches*.

> Très bel ex. en rel. moderne renfermé dans un étui doublé soie.

202. De La Cour. The fifth book of Ornaments useful for all manner of furniture and all other things, by De La Cour. *Londres, 1743*. In-4°, en ff.

> Titre et 20 pièces remargées; elles reproduisent des meubles, bordures de cadres, cartouches et ornements divers.

203. Delafosse (Jean-Charles). **Nouvelle iconologie historique** ou attributs hiéroglyphiques..... *A Paris, chez l'auteur, 1768*. In-fol. dos et coins de veau fauve, dos orné, tête dor. (Pagnant.)

> Édition originale comprenant le titre et 110 pl. (numérotées 1 à 108, plus les nᵒˢ 15 B et 90 B) divisées en 10 cahiers précédés chacun d'un texte explicatif gravé.
> Bel exemplaire à grandes marges.

204. — **Recueil de 26 cahiers de décorations**, Sculptures, Orfèvreries et Ornements divers qui complètent l'œuvre de J. Ch. Delafosse et font suite à son Iconologie. In-fol. demi-rel. dos et coins de veau fauve, dos orné, tête dor. (Pagnant.)

> Intéressant recueil de 145 pl. comprenant les cahiers T à Z et AA à UU.

Il ne manque à cet exemplaire, pour être complet, que la table des cahiers et les pl. Y. 6, EE. 4, FF. 6, et SS. 5.

Par contre on y a joint :

20 pl. en double état.

3 pl. Projets de Prisons.

1 pl. Chapelle sépulcrale.

Ensemble 169 pl. dont plusieurs contenant deux cuivres sur la même feuille.

Très belles épreuves, la plupart à grandes marges.

205. Delafosse (JEAN-CHARLES). (**Recueil de meubles** de différents genres inventés par **J. C. Delafosse.**) *A Paris, chez Daumont,* s. d. In-fol. demi-rel. dos et coins de veau fauve, dos orné, tête dor. (Pagnant.)

Précieux recueil de 127 pl. comprenant 32 cahiers (marqués A à Z et AA à HH) de chacun 4 pl. sauf le cahier DD qui en a six.

Il ne manque à cet exemplaire que 3 pl. des cah. H, Q et HH.

Par contre on y a joint : 2 frontispices avec la lettre et 38 pièces doubles en différents états.

Ensemble 167 pièces, dont 127 d'après Delafosse et 43 d'après Martinet, Poulleau, Le Canu, Duval, de Puisieux (cah. M à Q, &, BB, DD, EE et GG).

Toutes les pièces du 3e recueil de Delafosse sont fort rares ; plusieurs cahiers sont inconnus à Guilmard ; elles donnent d'intéressants modèles de meubles ; fauteuils, lits, bergères, sophas, canapés, poêles, lutrins, chaires, cheminées, horloges, etc.

206. — (Livre de Trophées). *A Paris, chez Le Père et Avaulez,* s. d. In-fol. demi-rel. dos et coins de veau fauve, dos orné, tête dor. (Pagnant.)

Recueil composé de 7 cahiers de trophées : les 4 premiers contiennent 24 pl. gravées par Voysard, les 3 autres 12 pièces gravées à la manière du crayon, par Janinet.

On y a joint 18 pièces en double état noir ou sanguine.

Ensemble 54 pièces, très belles épreuves, la plupart à toutes marges.

207. — Les Cinq ordres d'architecture, dessins par J.-Ch. Delafosse, architecte et professeur de dessin et gravés, à l'imitation du lavis, par J.-B. Lucien et par L.-F. Duruisseau, par les soins de J.-F. Chéreau. Gr. in-fol., en ff.

11 pièces d'une suite de 20.

On y a joint 3 pièces doubles.

208. Delafosse (Jean-Charles). Troisième recueil relatif à l'ameublement. Cahiers C et H, de chacun 4 pièces. In-fol., en ff.

> 8 pièces rares représentant des sièges : Bergères, Obligeante, Demi-baignoire, Italienne, Convalescente, Boudoir, Chaise et Fauteuil à la Cabriolet, Canapé, Sopha, Lits de repos dans le goût pittoresque.
> Belles épreuves à toutes marges.

209. Demortain. Les Plans, Profils et Élévations des ville et château de Versailles, avec les Bosquets et Fontaines. *Paris, Demortain*, 1716. In-fol. cart.

> 46 pl. donnant les plans et vues des châteaux de Versailles, Trianon et Marly et les vues des jardins, bosquets et fontaines du parc.

210. Duflos. Recueil de dessins de joaillerie fait par Augustin Duflos, marchand joaillier à Paris, et gravé par Claude Duflos. *Se vend à Paris, chez Claude Duflos*, s. d. In-4°, oblong, demi-rel.

> Titre, 2 feuillets pour le discours préliminaire, et 27 planches donnant de nombreux modèles de bijoux de style Louis XVI.
> La dédicace et les planches 32 et 33 manquent.
> Le dernier f. est taché.

211. Dumont le Romain (J.). Livre de nouveaux Trophéz inventez par J. Dumont le Romain, peintre ordinaire du Roy, et gravés par J. F. Blondel. *A Paris, chez Huquier*. In-4°, en ff.

> Suite complète de 7 pièces, dont le titre qui est signé Oppenort inv.
> On y a joint 2 pièces doubles.

212. Duplessis fils. Première (et deuxième) suite de vases composés par Duplessis fils. *A Paris, chez l'auteur*. In-fol., en ff.

> 10 pièces, dont 2 titres, donnant de très remarquables modèles de vases pour l'orfèvrerie.
> Pièces rares, à grandes marges. On y a joint 4 pièces doubles rognées.

213. École allemande. Recueil factice de 108 pièces, d'après Eisler, Rudolph, Schübler, Le Pautre, La Joue, Gillot, Erhart, etc., éditées chez Wolff, Weigel, Merz, Engelbrecht, en 1 vol. In-4° oblong, cart.

214. École allemande. Recueil factice de 25 pl. d'ornements, par Habermann, Gutwein, Grosmann, Roscher, Hoppenhaupt, en 1 vol. Petit in-fol. demi-rel.

> Chaires à prêcher, buffets d'orgues, lampes de sanctuaires, grilles, meubles, pendules.

215. — Motifs de Décoration intérieure : Meubles, Serrurerie, Cartouches, Orfèvrerie, Décorations d'églises, etc. Environ 150 pièces, par ou d'après Decker, Hoppenhaupt, Eysler, Hertel, Nilson, Wachmuth, Haberman, Roscher, etc. Petit in-fol., en ff.

216. — Décoration intérieure. Sujets divers dans des encadrements ornés : Plafonds, frises, etc., par ou d'après Hoppenhaupt, Decker, Roscher, Goz, Habermann, 30 p. In-fol., en ff.

217. Eisen (CHARLES). Premier livre d'une œuvre suivie, contenant différents sujets de décorations et d'ornements. — Second (- sixième) livre de fragmens à l'usage de différens artistes, 1753. In-4°, demi-rel. dos et coins de mar. grenat, tête dor.

> Recueil factice de 61 pl. tirées sur 58 feuilles, précédé du portrait de Ch. Eisen, gravé par Ficquet.
> Il est composé de pl. extraites des suites indiquées ci-dessus et de plusieurs frontispices et vignettes provenant de différents ouvrages.

218. — Livre de Fragments à l'usage de différents artistes, 3 pièces : Fontaine, Cartouches, Motifs de sculpture, Orfèvrerie. In-4°, en ff.

> Très belles épreuves à toutes marges.

219. Encadrements ornés. *A Paris, chez Mondhare*, recueil factice de 20 pièces. In-fol., cartonné.

220. Fleurs par Teissier, Bruchon, Prévost, Roubillac, etc., 50 pièces. In-4° et in-fol. en ff.

221. — Bouquets de fleurs dans des vases, 6 pièces gravées par un anonyme de l'école anglaise de la fin du xviiiᵉ siècle. In-fol., en ff.

222. **Fontaine** (J.-V.). **Nouveau livre d'études et principes de serrureries...** par Jacques Valentin Fontaine, serrurier du Roy en la manufacture des Gobelins. *Paris, F. Chéreau,* s. d. (vers 1750). In-fol., demi-rel. dos et coins de veau marbré, dos orné, tête dorée.

Suite complète de 12 pièces en hauteur y compris le titre : détails de feuillages de serrurerie, rinceaux, rosaces, fleurons.

Le même vol. contient :

Nouveau livre de serrurerie, contenant divers morceaux utiles à la décoration des églises, etc. par J. V. Fontaine. *A Paris, chez François Chéreau,* 9 pièces en hauteur y compris le titre, dont 7 à toutes marges, donnant des modèles de lampadaire, chandelier pascal, lutrin, fonts baptismaux, enseigne d'horloge, méridien, appui de communion, etc. Série rare non citée par Guilmard.

Livre de différents couronnements de serrurerie, par J.-V. Fontaine. *A Paris, chez veuve F. Chéreau,* s. d. Suite complète de 7 grandes pièces en largeur y compris le titre : Couronnements de grilles pour églises et châteaux.

Ens. 28 pièces.

223. **Fontanieu** (DE). Collection de vases inventés et dessinés par M. de Fontanieu, 1770. In-fol., mar. rouge, fil., dos orné, tr. dor. (Rel. ancienne.)

Titre gravé, dédicace, 20 pl. de vases avec tous leurs ornements et 20 pl., représentant les mêmes vases indiqués au simple trait, plus 7 pièces de tour montées sur de riches socles. Quelques pl. sont détachées de la reliure.

224. **Fordrin** (Louis). **Nouveau livre de serrurerie** contenant toutes sortes de grilles d'un goût nouveau propres pour les chœurs d'église, portes de vestibules, péristyles et de jardins ; tant pour les maisons Royales que pour celles des seigneurs et particuliers, rampes, porte-enseignes, balcons, etc. *Paris, chez l'auteur,* s. d. In-fol., rel. veau. (Rel. anc.)

Intéressante suite de 30 pièces, y compris le titre et la dédicace, gravées par Josselin, Bouillon, etc. Dans cet exemplaire les douze dernières pièces sont assemblées et collées quatre par quatre, et forment trois grandes grilles de chœur complètes. A la fin du volume un feuillet imprimé pour le privilège.

On y a joint une planche double gravée par Josselin représentant une grille.

Le feuillet de garde contient une note manuscrite du baron Pichon, relative à l'ouvrage.

225. Fordrin (Louis). Nouveau livre de serrurerie contenant toutes sortes de grilles d'un goût nouveau. *A Paris, chez l'auteur*, s. d. 17 belles planches de serrurerie (n°s 2 à 18), d'une suite de 30 p. In-fol., demi-rel.

226. Forty (Jean-François). **Œuvres de sculptures en bronze** contenant : Girandoles, flambeaux, feux de cheminées, pendules, bras, cartels, baromètres et lustres, inventés et dessinés par Jean-François Forty, gravés par Colinet et Foin. *A Paris, chez Chéreau*, s. d. In-4, rel. veau vert marbré, dos et plats ornés, dent. int. tête dor. (Pagnant.)

> Très bel exemplaire de la suite des huit cahiers de chacun 6 pièces (Le titre manque.)
> Très belles épreuves à toutes marges.
> On y a joint 4 p. avant la lettre du cahier A. Ensemble 51 pièces.

227. — OEuvres de sculptures en bronze, 6 pièces dépareillées : Girandoles, flambeau, pendule. In-4°, en ff.

> On y a joint 4 pièces représentant les mêmes motifs, gravées par Hauer.

228. — OEuvres d'orfèvrerie inventées par J.-F. Forty, dessinateur. *A Paris, chez l'auteur*. In-fol., en ff.

> 14 pièces, dont 8 donnent de riches modèles d'orfèvrerie religieuse calices et ciboires : les 6 autres donnent des modèles de flambeaux de table.
> On y a joint 12 pièces en épreuves doubles en différents états. Belles épreuves, quelques-unes à toutes marges, les autres remargées.

229. — Projet de deux toilettes, représentant toutes les pièces qui en dépendent, ornées de figures, de sujets allégoriques et des attributs qui leur sont propres, inventé et dessiné par J.-F. Forty. *A Paris, chez l'auteur*. In-fol., en ff.

> 8 pièces (n°s 1 à 7 et 10).
> On y a joint 2 pièces doubles.

230. — OEuvres de serrurerie, inventées par J.-F. Forty. Appuis de fenêtres, balcons, rampes. *A Paris, chez l'auteur*, s. d. In-fol., demi-rel. dos et coins de veau brun, dos orné, tête dor.

> 16 pièces d'une suite de 18 (les n°s 4 et 6 du livre deuxième manquent).
> On y a joint : 3 autres pièces de serrurerie par Forty et 2 p. doubles de la suite ci-dessus.

231. Forty (J. F.). Cahier de vases inventé et dessiné par Forty, et gravé par Laurent. *A Paris, chez Jean et chez Isabey.* In-fol., en ff.

> 12 pièces d'une suite de 18 pl., très belles de composition et fort rares, imprimées en noir, bistre et sanguine. Remargées.
> On y a joint 3 pièces doubles en différents états.

232. Gadion. Trophées et attributs dans le genre de Ranson, 12 pièces. In-4°, en ff.

> Dessins originaux rehaussés d'aquarelle, signés et datés 1813.

233. Germain (Pierre). **Éléments d'orfévrerie** divisés en 2 parties de 50 ff. chacune. *A Paris, chez l'auteur,* 1748. 2 vol. in-4°, rel. veau, dos orné, tr. r. (Rel. anc.)

> 100 planches gravées par Pasquier et Baquoy, donnant de charmants modèles d'orfèvrerie religieuse et civile.

**234. — ** Éléments d'orfèvrerie divisés en deux parties de 50 feuilles chacune. *A Paris, chez l'auteur,* 1748. In-4°, rel. veau marbré, fil., dos orné, dent. int., tête dor. (Pagnant.)

> 98 pl. gravées par Baquoy. Les pl. 14 et 45 manquent, une douzaine de feuillets sont remargés, les autres sont à grandes marges ; les épreuves des figures sont très belles.

**235. — ** Livre d'ornements composés par Pierre Germain, 1751, 5 pièces gravées par Pasquier.

> On y a joint 15 pièces dépareillées des ornements d'orfèvrerie et autres.

236. Germain, Meissonnier & Cattarello. A Book of Eighteen Leaves containing divers subjects calculated for the use of Goldsmiths, Chasers, Carvers, etc., from messrs Germain, Meissonnier, Sig. Cattarello, etc. *London,* 1757. In-fol. demi-rel. dos et coins de veau marbré, dos orné, tête dor.

> Suite de 17 pl. numérotées (au lieu de 18 indiquées sur le titre), donnant de très jolis modèles d'orfèvrerie religieuse et civile. Le titre et la pl. 17 sont en double état ; 4 pièces sont remargées. Suite rare non citée par Guilmard.

237. Gillot. Nouveaux dessins d'arquebuscrie, inventez et gravez par le Sr. Gillot. *Paris, Chéreau,* 6 pièces. — Livre de Portières inventées et gravées à l'eau-forte, par Gillot, 8 pièces (plusieurs doubles). — Livre d'ornements, trophées, culs-de-lampe et devises, 6 pièces gravées par Huquier. Ens. 20 pièces in-4°, en ff.

238. Girard. Premier livre de dessins au crayon — Second
(— sixième) livre de leçons d'ornemens dans le goût du crayon,
dessiné par Girard, gravé par Demarteau l'aîné. *A Paris,
chez l'auteur*, s. d. In-fol., demi-rel., dos et coins de veau
bleu, fil., dos orné, tête dor. (Pagnant.)

> 35 pl. d'une suite de 6 cahiers de 6 p.
> On y a joint 25 pièces doubles en différents états.
> Ensemble 60 pièces. Très belles épreuves tirées en noir ou en san-
> guine d'une suite fort rare.

239. Guien (JEAN). Livre d'ouvrage de joaillerie inventé et gravé
par Jean Guien, joaillier à Londres. *Londres, Vivarès*, 1762.
Petit in-fol. cart., dos et coins percal. grenat.

> Suite complète de 6 pièces remargées.

240. Hauer (J.). Premier Cahier des Dessins à l'usage des Arti-
sans d'Architecture en général et des Serruriers spécialement.
Inventés, dessinés et gravés par J. Hauer. *A Paris*, suite de
4 pièces. Petit in-fol., en ff.

> Belles épreuves à grandes marges.

241. Heiglen (Joh. Ern.). Ganz neüe Erfindungen unterschiedli-
cher Arten von Servicen... *Augsbury*, 1721. In-4° obl. cart.
dos de perc. bleue.

> Suite de 9 pièces : Modèles d'orfèvrerie.

242. Héré. Recueil des plans, élévations et coupes des châteaux,
jardins et dépendances que le Roy de Pologne occupe en Lor-
raine. *Paris, chez François*, s. d. 2 tomes en 1 vol. gr. in-fol.
dos et coins de mar. rouge jans.

> Ouvrage entièrement gravé comprenant : 2 titres, un frontispice, une
> dédicace, 1 feuillet de texte et 39 pl. gravées par J. Ch. François. — On
> a relié dans le même volume : Plans et Elévations de la Place Royale de
> Nancy et des autres édifices qui l'environnent. *Paris, François*, 1753,
> titre, frontispice, dédicace et 12 pl. gravées par François.

243. — Plans et Elévations de la Place Royale de Nancy et des
autres édifices qui l'environnent. *Paris, François*, 1753, in-fol.
cart. non rogné.

> Titre, dédicace et 13 pl. doubles gravées sur cuivre.

244. Huet (Jean-Baptiste). **Son œuvre**. Réunion de 470 pièces gravées par Bonnet, Demarteau et autres, reliées en 4 vol. In-4°, dos et coins de veau fauve, dos ornés, têtes d'or. (Pagnant.)

Intéressante réunion de pièces gravées pour la plupart à la manière du crayon, imprimées en noir, bistre et sanguine, contenant chacune plusieurs sujets d'une très grande variété, d'un dessin, d'un goût et d'un arrangement parfaits.

Le premier volume contient :

Premier (— dix-huitième) cahier de Fragments et de principes de dessins de tous les genres, dessinés d'une manière nouvelle et facile pour les élèves par J. B. Huet, *A Paris, chez Bonnet*, s. d. (1778), 70 pièces d'une suite de 18 cahiers de 4 pl. (manque 2 pl. des cahiers 5 et 12).

On y a joint le portrait de J. B. Huet par J. A. L'Eveillé et 52 pl. doubles d'états différents; en tout 123 pièces.

Le deuxième volume contient :

Premier (—quatorzième) cahier des Arabesques dessinées par J. B. Huet, peintre du Roy. *A Paris, chez Bonnet* s. d., 55 pièces d'une suite de 14 cah. de 4 pl. (manque n° 3 du 7° cah.).

On y a joint le portrait de Huet par L'Eveillé et 72 pl. doubles d'états différents. En tout 128 p.

Le troisième volume contient :

Œuvres de différents genres, dessinées par J. B. Huet et gravées par Demarteau. *A Paris, chez l'auteur*, s. d. 46 pièces d'une suite de 12 cah. de 4 pl. (manque 2 pièces des cah. 5 et 7).

On y a joint 40 p. doubles en différents états :

Le quatrième volume contient :

133 pièces diverses : Les saisons, trophées, chasses, pastorales, attributs, animaux, poules et canards, cahiers de paysages, fleurs, etc.

245. — Œuvres de J. B. Huet. *A Paris, chez Huet fils*, s. d. (l'an VII). In-fol. cart.

Titre, notice sur J. B. Huet et 95 sujets : animaux, paysages, sujets de genre, frises, ornements, etc. tirés sur 36 planches.

246. — Sujets champêtres, animaux, sujets de chasse, ornements, trophées, culs-de-lampe, tête de femme, etc., 45 pièces imprimées en noir, en bistre et sanguine.

On y a joint une estampe gravée par Jubier : Vénus et Endimion. épreuve imprimée en couleur, mais en mauvais état de conservation,

247. Huet fils (Charles). Trophées de chasse dessinés par C. Huet et gravés par Guélard. *A Paris, chez Jacques Chéreau*. In-fol., en ff.

Suite complète de 6 p.

Très belles épreuves à toutes marges. On y a joint une épreuve double du titre.

**248. Huquier. Recueil d'estampes et de cahiers d'orne-
ments** gravés par Huquier, d'après Boucher, Oudry, Peyrotte, etc. 88 pièces en 1 vol. In-fol. vélin. (*Rel. anc.*)

> Très beau recueil de pièces fort intéressantes au point de vue de la
> décoration et de l'ornementation. Il contient :
> Boucher. Livre de Cartouches, suite de 12 p.
> Boucher. Andromède, 1 p. gravée à l'eau-forte par Boucher.
> Boucher. Les Sens (sujets chinois), suite de 6 pièces.
> Boucher. Les Eléments (sujets chinois), 6 pièces.
> Boucher. Pastorales, dans de riches encadrements, 2 p. doubles en
> largeur.
> Boucher. Les occupations des Chinois, 6 p. doubles en hauteur.
> Oudry. Sujets de chasse, suite de 4 p.
> Oudry. Livre d'animaux (sujets tirés des Fables de La Fontaine), suite
> de 12 p.
> Oudry. Grandes chasses, 3 p. doubles en hauteur.
> Peyrotte. Divers ornements, 1re partie, suite de 6 p. doubles en
> hauteur.
> Peyrotte. Seconde partie de divers ornements, suite de 6 p. doubles
> en largeur.
> Huquier. Grands cartouches, 4 p. doubles en hauteur.
> Huquier. Cartouches en forme d'écrans, 16 pièces imprimées sur
> 4 pl. doubles.
> Panini. Monuments antiques. 2 p.
> Corn. Dusart. Fête flamande et le violonneux, 2 p.
> Toutes ces pièces sont en très belles épreuves parfaitement con-
> servées.

249. — Recueil de groupes de vases de fleurs et trophées de la
Chine. 5e partie. *A Paris, chez Huquier.* In-fol., en ff.

> Suite complète de 12 pièces gravées au trait.
> Belles épreuves à toutes marges.

250. — Cahier d'ornements mêlés de fleurs et de fruits, 10 pièces.
In-fol. (n°s 2 à 11). — Motifs d'ornements et Trophées,
11 pièces. In-8° — Fleurs et animaux 3 pièces diverses ; ens.
24 pièces gravées par Huquier.

251. Invalides. Recueil de 105 pièces gravées par Ch. N. Cochin
et autres donnant les plans, coupes, élévations et détails de
décoration de l'Hôtel Royal des Invalides (1756). In-fol.,
demi-rel. chagr. violet.

252. Jacques. Nouveau livre de Fleurs, peint d'après M. Jacques, peintre du Roy, en la manufacture royale des Gobelins, gravé par P. F. Tardieu. *A Paris, chez J. F. Chéreau*, suite de 6 pièces. — Nouveau livre de Roses, gravé par P. F. Tardieu, suite de 6 p. — Suite de décorations de 6 feuilles à l'usage de théâtres, panneaux, carrosses, etc., suite de 6 pièces gravées par J. Ph. Le Bas, 1756. — Vases nouveaux, suite de 6 p. gravées par Rousselet; Ens. 24 pièces. In-fol. en ff.

> Belles épreuves à grandes marges.
> On y a joint :
> 3 pièces des 4 grands trophées représentant les Éléments.
> Le titre du Nouveau Recueil de fruits, fleurs et plantes utiles aux dessinateurs, pièce de gr. format gravée par Tardieu.

253. Janel. Voitures à la française et à l'anglaise, gravées par P. P. Choffard. *A Paris, chez Chéreau*. In-fol., en ff.

> A. Diligence de ville à la française (n° 2).
> B. Six diligences à l'anglaise, suite de 6 p.
> C. Berline à la française, n° 1 seul.
> D. Six berlines à l'anglaise, suite de 6 pièces.
> F. Cahier de Cabriolets et Calèches avec leurs coupes, suite de 6 pièces.
> Ens. 20 pièces; les cahiers D et F. sont à toutes marges, plusieurs pièces sont déchirées.

254. Jeaurat (EDME-SÉBASTIEN). Traité de perspective à l'usage des artistes. *Paris, Jombert*, 1750. In-4°, veau marbré, dos orné, tr. rouge. *Fig.*

255. Jombert (CH. ANT.). Architecture moderne, ou l'art de bien bâtir pour toutes sortes de personnes... *A Paris, chez l'auteur*, 1764, 2 vol. in-4°, veau marbré, tr. rouge, planches.

256. Juillet. Divers Bouquets d'après nature. *A Paris, chez la Vve de F. Chéreau*, suite de 8 pièces. — Cahier de Trophées utiles à toutes sortes d'ouvrages. *A Paris, chez Juillet*, suite de 8 pièces. Ens. 16 pièces, in-4° et in-fol.

> Belles épreuves avec marges. On y a joint 4 pièces doubles rognées.

257. J. V. D. M. Cieraad der Lusthooven, Bestaande in allerhande soorten van Drooge en Natte Kommen, Parterres, Graswerken en Fonteynen. *Te Leyden by H. en D. van Damme*, 1730. Petit in-fol., demi-chagr. r.

Ouvrage rare et peu connu composé de 1 titre frontisp., titre, 6 pp. de texte et 30 planches gravées sur cuivre reprôs. des parterres de jardins en broderies.

258. Lacollombe (DE). Nouveaux dessins d'arquebuseries dessinés et gravés par de Lacollombe. *Paris, 1730, se vend chez de Marteau, élève de feu M. de Lacollombe.* In-4° oblong cartonné.

Suite de 12 pièces à grandes marges; les dernières sont l'œuvre de De Marteau et sont datées 1743, 1744 et 1749.

259. La Joue (J. DE). **Son œuvre.** Recueil factice composé de 108 pièces, in-4° et in-folio, montées à châssis en un album. In-fol. cart.

Recueil nouveau de différents cartouches, suite complète de 36 p. en 3 cahiers. — Livre de cartouches de guerre, 7 pièces. — Livre de buffets, 7 p. — Les quatre éléments, 4 p. — Livre d'architecture, 8 p. des cahiers A et D. — Tableaux d'ornements et de rocailles, 9 p. — Morceaux de fantaisie, 11 p. — Dessus de portes du cabinet du duc de Picquigny, 13 p., etc.

260. — Premier livre de divers morceaux d'architecture, paysages et perspectives, 10 pièces gravées par Huquier (d'une suite de 12). In-fol. en feuilles.

Belles épreuves, deux sont à toutes marges.

261. — Livre d'architecture, paysages et perspectives. Deuxième partie. 11 pièces gravées par Huquier (d'une suite de 12). In-fol. en feuilles.

Belles épreuves avec marges.

262. — Livre d'architecture, paysages et perspectives. Troisième partie. 10 pièces gravées par Huquier (d'une suite de 12). In-fol. en feuilles.

Belles épreuves à grandes marges. On y a joint le titre du cah. D (4° partie).

263. — Tableaux d'ornements et de rocailles, 8 pièces (n°s 11 à 18) gravées par Huquier. In-fol. en feuilles.

Très belles épreuves à toutes marges.

264. — Livre de vases. *A Paris, chez Huquier*, 6 pièces. In-fol., en feuilles.

Le titre a de grandes marges, les autres pièces sont rognées.

26⁵. La Joue (J. DE). Cartouches rocaille pour écrans à main, 8 motifs tirés sur 4 feuilles in-fol.

Très belles épreuves à toutes marges.

266. — Dessus de portes tirés du Cabinet de Mgr le Duc de Picquigny, 7 pièces gravées par Cochin et Tardieu. In-fol. en feuilles.

L'architecture, la peinture, la sculpture, la musique, l'histoire, la pharmacie, la botanique. Belles épreuves avec marges.

267. — Recueil nouveau de différents cartouches, 23 pièces d'une suite de 24 estampes gravées par Huquier, Cochin, Joullain, formant les cahiers A et B de l'œuvre. In-4°, en feuilles.

Belles épreuves la plupart à toutes marges.

268. — Cartouches de guerre, suite complète de 7 pièces gravées par Huquier. In-4°, en feuilles.

Très belles épreuves à toutes marges.

269. — Livre de buffets, 4 pièces gravées par Huquier. — Cartouches, écrans, trophées, 18 p. la plupart doubles des suites précédentes; ensemble 22 p. de différents formats en feuilles.

270. Lalonde (DE). **Œuvres diverses de Lalonde**, Décorateur et Dessinateur. Contenant un grand nombre de dessins pour la Décoration intérieure des appartements, à l'usage de la Peinture et de la Sculpture en ornements, des Meubles du plus nouveau goût, des pièces d'orfèvrerie et de Serrurerie, etc. *A Paris, chez Chéreau*, s. d. In-fol., en ff. dans un carton.

150 planches, gravées par Berthault, Foin, Le Meunié, de Saint-Morien, d'une suite de 26 cahiers de 6 planches chacun (le 25ᵉ manque).

Ces planches donnent de charmants modèles de bordures de cadres, tables, consoles, girandoles, candélabres, lustres, vases, cheminées. dessus de portes, plafonds, pièces d'Orfèvrerie et de Serrurerie, bijouterie, boîtes, tabatières, etc., etc.

On y a joint :

5 pièces avant la lettre des cahiers C et G du recueil ci-dessus.

Livre d'ameublement dessiné par Lalonde. *A Paris, chez Chéreau*, 54 pièces comprenant 9 cahiers de chacun 6 pl., gravées par de Lagardette : lits, sièges, billards, tables de jeu, etc.

Cahiers de Meubles et Ébénisterie, dessiné par Lalonde. *A Paris, chez Chéreau*, 24 pièces formant 4 cahiers de 6 planches gravées par de Saint-Morien : Secrétaires, commodes, coffres à bijoux, bibliothèques, tables, girandoles, etc.

Ensemble 233 pièces; belles épreuves la plupart à grandes marges.

271. Lalonde (DE). Œuvres diverses de Lalonde. Cahiers B. C. D. E. M. N. R. *A Paris, chez Chéreau.* In-fol., en ff.

42 planches formant 7 cahiers de chacun 6 pièces : Bordures, pieds de meubles, tables et consoles; cheminées avec leurs trumeaux, plafonds, corniches d'appartements.

On y a joint 10 pièces dépareillées.

Ensemble 52 pièces, la plupart avec marges.

272. — Cahier de Bordures et de Cadres de différentes formes. *A Paris, chez Chéreau.* In-fol., en ff.

Suite complète de 6 pièces, gravées par Foin.

273. — 3e et 9e cahiers d'Ameublement, dessinés par Lalonde. *A Paris, chez Chéreau.* In-fol., en ff.

12 pièces gravées par Delagardette, formant les cahiers C et I complets :

Lit de repos, chaises, fauteuils, écrans, billards, tables de jeux. Belles épreuves avec marges.

274. — Premier cahier de Meubles et d'Ébénisterie dessiné par Lalonde. *A Paris, chez Chéreau.* In-fol., en ff.

Suite de 6 pièces, gravées par de Saint-Morien : Secrétaires, commode cintrée, commode en secrétaire.

On y a joint :

Cahier C, une pièce n°1 représentant une bibliothèque.

Différents ornements de cheminées, 6 pièces petit format, gravées par de Saint-Morien.

Premier cahier de nouveaux lits, composés et dessinés par de Lalonde en 1789, 3 pièces.

Différentes grilles pour les châteaux, les chœurs et les chapelles de Communion, composées et dessinées par Lalonde en 1789, 10 pièces provenant de différents cahiers.

Orfèvrerie : Huilier, pot à eau, sucrier, 2 pièces gravées par de Saint-Morien.

Ensemble 28 pièces à marges inégales.

275. — Cahiers d'ameublement, publiés par Chéreau et par Jean, 76 pièces gravées par Delagardette et par Fay, en 1 vol. petit in-fol. cart.

Recueil contenant les cahiers suivants :
Cahiers publiés par Chéreau.
1er cahier A. Lits, avec détails de menuiserie, 6 p.
2e   —   B.   —   —   6 p.
4e   —   D. Sièges et paravents, 6 p.
5e   —   E. Sièges avec plans et détails de sculpture, 6 p.
6e   —   F. Banquette, sopha, chaise, etc., 6 p.
7e   —   G. Sopha, bergère et détails, 6 p.
8e   —   H. Fauteuil carré, Ottomane, 6 p.
Cahiers publiés par Jean.
1er cahier. Chaises, bergères, fauteuils, 4 p.
3e   —   Chaises, fauteuil, tête à tête, 4 p.
4e   —   Lits antiques et à la Romaine, 4 p.
5e   —   Chaises, bergères, gondole, 4 p.
6e   —   Tabourets, lits antiques, 4 p.
7e   —   Lits et alcôves, 4 p.
8e   —   Lits, alcôve à colonnes, 4 p.
9e   —   Lits, 2 p. n°s 1 et 3.
12e   —   Décorations de fenêtres, 4 p.

276. Lalonde (DE). Cahiers de Meubles, d'Orfèvrerie et de Serrurerie, dessinés par La Londe et gravés par Fay. *A Paris, chez Jean.* In-fol., en ff.

49 pièces dépareillées, provenant de différents cahiers.

277. Lamour (JEAN). Recueil des ouvrages en serrurerie que Stanislas le Bienfaisant, roi de Pologne a fait poser sur la place Royale de Nancy... et plusieurs autres dessins de son invention. *Nancy, chez l'auteur*, s. d. (1768). In-fol. cart.

28 belles planches de serrurerie gravées par Collin et Nicole.

278. La Vallée-Poussin. Nouvelle collection d'Arabesques propres à la Décoration des appartements. *Paris*, s. d. (vers 1790). In-4°, demi-chag. marron, tr. j.

8 pp. de texte historique et explicatif et 40 pl. d'après les dessins de Moreau, Lavallée-Poussin, Leclerc et autres, gravées par Guyot. Le titre manque.

279. Le Canu. Suite de Cheminées de différentes formes dans le goût antique, composées et gravées par Le Canu. *A Paris, chez la Vve de F. Chéreau,* suite de 6 p. — Confessionnaux, Chaires à prêcher, 15 pièces. — Tombeaux antiques, suite de 8 p. — Fontaines publiques, 4 pièces. Ensemble 33 pièces in-fol. et in-8°.

280. Le Clerc (Thomas). Cahiers de principes de dessin d'après
nature, faits par Th. Le Clerc et gravés par J. F. Janinet en
1773. *A Paris, chez Le Père et Avaulez, les Campions et Mondhare et Jean.* 95 pl. dépareillées extraites des 15 premiers
cahiers. — Caprices et pensées de divers genres. 16 pl. des
3 premiers cahiers. — Cahiers de fragments, dessinés par
Le Clerc et par Jubier, 20 p. des cahiers Vᵉ à XVᵉ. Petit in-fol.
en feuilles.

> 131 pl. imprimées la plupart en sanguine, plusieurs sont en double
> état. On y a joint 100 modèles de dessins d'après Parizeau, Cipriani, etc.,
> gravés par Roubillac, Bonnet, Bartolozzi, etc.

281. Lefranc (Al.). Recueil de dessins d'orfèvrerie à l'usage des
marchands et fabricants orfèvres, contenant tout ce qui a
rapport au service de la table, de l'église, etc., dessiné et
gravé par A. Lefranc. *Paris, chez l'auteur.* s. d., in-4°, demi-
maroq. rouge, coins, dos orné, tête dorée.

> 60 pl. gravées au trait, d'une suite de 61 (la pl. 48 manque). On y a
> joint 6 pl. supplémentaires.
> Ens. 66 pièces donnant de très jolis modèles d'orfèvrerie de style empire.

282. Liard (Mathieu). Recueil de différents meubles garnis, Lits
drapés, Sièges, 7 pièces in-4° et in-fol., en ff.

> Automane, Sultane, Duchesse, Canapé à confidans, Veilleuse, Lit à
> la Turque, Chaise à la Reine.

283. Louis. Salle de spectacle de Bordeaux. *Paris,* 1782. In-fol. br.

> 21 pl. donnant les plans, élévations, coupes et détails de décoration
> intérieure de ce célèbre théâtre.

284. Lubersac (Abbé de). Discours sur les monuments publics
de tous les âges et de tous les peuples connus, suivi d'une
description de monument projeté à la gloire de Louis XVI et
de la France... *A Paris, de l'Imprimerie Royale,* 1775. In-fol.,
veau porphyre, dos orné de fleurs de lys, tr. dorée.

> Frontisp. et 2 pl. pliées gravés par Masquelier.

**285. Maria. Premier livre de dessins de joaillerie et bijou-
terie** inventés par Maria et gravés par Babel. *Se vend à Paris,
chez l'auteur,* s. d. In-4° oblong, cart.

> Suite complète de 35 planches y compris le titre, donnant de char-
> mants modèles de bijoux, tabatières, pommeaux de cannes, etc., de
> style Louis XVI.

286. Mariette. L'architecture française ou recueil des plans, élévations, coupes et profils des Églises, Palais, Hôtels et Maisons particulières de Paris, et des Châteaux et Maisons de campagne ou de plaisance des environs et de plusieurs autres endroits de France, bâtis nouvellement par les plus habiles architectes et levés et mesurés exactement sur les lieux. *Paris, Jean Mariette,* 1727-1738, 3 vol. In-fol., rel. veau, dos orné, tr. jaspée.

Intéressant recueil de 551 pl. d'architecture des époques Louis XIV et Louis XV.

Les deux premiers volumes contiennent 475 pl. donnant les plans, élévations et de détails des hôtels ou châteaux de Toulouse, de Rohan, de Louvois. de Noailles, de Crozat, d'Argenson, Lambert, du Maine, de Lessay, de Choisy, de Saint-Ouen, de Stains, de Sceaux, de Petitbourg. 60 de ces planches d'après Le Roux, Lassurance, Mollet, Chamblin, Pineau, etc., sont consacrées à la décoration intérieure ou à la serrurerie : Hôtels de Roquelaure, Palais Bourbon, hôtels de Lessay, d'Évreux, maison de M. Dodun, etc.

Le 3e vol., de plus grand format, contient 66 pl. vues des châteaux du Louvre, de Versailles, Clagny, Trianon, Meudon, Saint-Cloud, Chantilly, Maisons. etc. Légères mouillures dans le fond de la marge inférieure.

287. — Recueil factice de 200 pièces de décorations intérieures et extérieures classées par ordre méthodique : Menuiserie, Portes cochères, Cheminées, Lambris, Panneaux, Profils de menuiserie, Portes, Plafonds, Guéridons, Pieds de tables, Cartouches, Serrurerie, Grilles, Jardins, Parterres de broderie, Treillages, etc. Reliées en 1 vol. in-fol. veau marbré, tr. rouges. (Rel. anc.)

La plupart des planches de ce recueil sont éditées par Mariette et font partie de l'*Architecture française*. On y remarque les pl. de décoration des hôtels de Soubise, de Villars, de Toulouse, de Villeroy, d'Évreux, de Montauban, de Conty, de Lessay, de M. Rouillé, du Palais Bourbon. etc. des châteaux de Stain et de Petitbourg, des modèles de cheminées, de plafonds et de tables, par Pineau, etc.

On a relié dans le même volume :

Cuvilliés. Portes cochères, Panneaux à divers usages, Plafonds, Guéridons, Cheminées, Serrurerie, 29 p. des cahiers C. L. G. P. R.

Le Blond. Dessins de développements d'assemblages de différents ouvrages de menuiserie, 8 pl.

Guérard. Diverses pièces de serrurerie, 6 p.

288. Mariette. Plans, élévations et coupes de la maison de M. Paris à Bercy. s. l. n. d. (*Paris* vers 1727), in-fol. veau ant., dos orné, tr. r.

> Suite complète de 10 pl. doubles gravées par Mariette, plus le titre et la table. Sur le feuillet de garde, on lit : *Ex dono Augustissimi Regis Stanislui Poloniae 1728.*

289. — L'architecture à la mode où sont les nouveaux dessins par la décoration des bâtiments et jardins, etc. Petit in-fol. en feuilles dans un carton.

> Environ 250 pl. dépareillées donnant des motifs de décoration du xviiᵉ et du commencement du xviiiᵉ siècle.

290. — Portes cochères, Cheminées, Décorations de Lambris et de Glaces, Alcôves, modèles de Serrurerie : Grilles, Balcons, etc. Ens. 40 pièces éditées par Mariette. In-fol., en ff.

291. —- Nouveaux dessins pour tabatières. *A Paris, chez Mariette,* s. d. Petit in-fol. demi-maroq. vert.

> Suite complète de 7 pièces extraites de l'*Architecture à la mode.*

292. — Desseins de chaires de Prédicateurs exécutées dans Paris par divers habiles ouvriers avec leurs mesures, plans et profils. Suite de 6 pièces. In-fol., en ff.

> Belles épreuves avec marges.

293. Marillier. Orfévrerie. *A Paris, chez Mondhare.* In-fol. demi-rel. dos et coins de veau marbré, dos orné, tête dorée.

> Recueil factice de 17 pièces remargées, la 1ʳᵉ seule est signée. Ces pièces donnent des modèles de porte-montres, croix de Tabernacles, Chandelier pascal, Feux de cheminées, Flambeaux de tables. Entrées de serrures, Bras de cheminées, Lutins, Vases de table, Calices, Ciboires, etc. 2 pièces sont doubles.

294. — Nouveaux Trophées ou Cartouches représentant les Arts et les Sciences, composés avec les attributs qui les caractérisent. *A Paris, chez Mondhare.* Petit in-fol., en ff.

> Suite de douze pièces y compris le titre. Belles épreuves avec marges. On y a joint 3 pièces doubles et 2 frontispices.

295. Martinet. Livre de différentes bordures allégoriques inventées et gravées par Martinet. *A Paris, chez Huquier,* s. d. In-4°, demi-rel. dos et coins de chag. bleu.

> Suite de 12 pl. y compris le titre.

296. Masson. Nouveaux dessins pour graver l'orfévrerie, inventés et gravés par le sieur Masson. *A Paris, chez Mariette*, s. d.
In-fol. demi-rel.

> Suite complète de 6 grandes planches numérotées contenant plus
de 60 modèles de boîtes, coffrets, tabatières, théières, goblets, etc.

297. Meissonnier. Frontispice de l'œuvre de Meissonnier —
Projet d'un tombeau — Modèle de Flambeau. 3 pièces.
In-fol. et in-4°.

298. Modèles de Dessins. Figures, Paysages, Fleurs, Animaux, Ornements. Ens. 45 pièces, tirées pour la plupart en
sanguine et publiées par Demarteau, Bonnet et autres.

299. Moithey l'aîné. Cahiers de Cartels ou Ecussons pour les
Equipages, 12 pièces — Chiffres ornés et armoriés. *A Paris,
chez Crépy*, suite de 6 pièces. Ens. 18 pièces in-fol., en ff.

> On y a joint :
> 3 trophées figurant les éléments.
> 12 petites pièces : Vases et trophées.

300. Mondon le fils (JEAN). Premier (-sixième) livre de formes
Rocailles et Cartels inventés par Mondon le fils, et gravés par
Aveline. *A Paris, chez l'auteur*. In-fol., en ff. dans un
carton.

> 42 pièces formant 6 cahiers de chacun 7 pl. remargées.
> On y a joint :
> Nouveaux dessins de carrosses, 5 pièces gravées par Aveline.
> Neuvième livre d'ornements propre pour la menuiserie, 1749.
> *A Paris, chez Crépy*, 6 pièces.
> Modèles d'écrans, deux dessins originaux, signés Mondon filius inv.
> Ens. 55 pièces.

301. — Premier (4ᵉ et 7ᵉ) livre de formes rocailles, inventées
par Mondon le fils et gravées par Aveline. *A Paris, chez Mondon et chez Aveline*, s. d. In-4°, cartonné.

> 21 planches divisées en 3 cahiers.
> On y a joint :
> Mondon, cahier K, 7 pièces copies allemandes publiées par Merz.
> La Joue, cartouches de guerre, 7 pièces, copies allemandes publiées
> par Merz.
> Ens. 35 pièces.

302. **Mondon le fils** (Jean). Cinquième livre de figures et
d'ornements chinois, 1736. *A Paris, chez Mondon le fils.* Gr.
in-4°, en ff.

> Suite complète de 7 pièces à toutes marges.

303. — Sixième livre de formes rocailles et cartels ornés de
figures françaises. *A Paris, chez Charpentier,* 1736. In-4°,
demi-percal. rouge.

> Suite complète de 7 pièces, dont le titre, gravées par Aveline.

304. **Normand** (Charles). Nouveau recueil en divers genres
d'arabesques de plafonds, meubles, vases et du décor en gé-
néral. *Paris, Joubert,* s. d. (début du xixe siècle). In-4° obl. cart.

> 8 cahiers de chacun 8 pl. grav., par Ch. Normand.

305. **Neufforge** (de). **Recueil élémentaire d'architecture,**
contenant plusieurs études des ordres d'architecture, d'après
l'opinion des anciens et le sentiment des modernes... *A Paris,
chez l'auteur,* 1757-1768, 8 tomes en 4 vol. In-fol. veau marbré, tr. r.

> 600 pl. gravées par de Neufforge. — Dans le dernier vol. on a relié
> une suite complète de 50 p., dessinées par F. Cornille et gravées par
> Monchelet, plus 12 p. de Blondel, Mansart, de Cotte et autres.

306. — Nouveau livre de plusieurs projets d'autels et balda-
quins, inventés et dessinés par Neufforge et gravés par Babel.
A Paris, chez Jacques Chéreau. In-fol. en ff.

> Titre et 6 pièces à grandes marges.
> On y a joint:
> Suite des modèles et développements des meubles de toutes espèces,
> à l'usage des appartements (98e cahier). Suite de 6 pièces. Ens. 13 pièces.

307. **Oppenort.** Titre des œuvres de Gilles-Marie Oppenort,
encadrements du portrait, de la dédicace et de l'avis aux
amateurs. 4 pièces, gr. in-fol. gravées par Huquier.

> Superbes épreuves avant la lettre et à toutes marges.

308. — Livre de différents fragments d'architecture. — Livre
de différentes décorations d'architecture et d'appartements.
— Livre de différentes décorations d'appartements. *A Paris,
chez Huquier.* In-fol., dérelié.

> 18 pl. gravées par Huquier, extraites du Grand Oppenort et formant
> les cahiers QQ, RR et SS. Belles épreuves pliées en deux.

309. Oppenort. Premier livre de différents morceaux à l'usage
de tous ceux qui s'appliquent aux beaux-arts, inventé par
G.-M. Oppenort, architecte du Roy et gravé par Huquier.
A Paris, chez Huquier, s. d. In-fol., en feuilles dans un
carton.

> 41 pl. d'ornements du *moyen Oppenort* comprenant les cahiers A,
> B, C, D, G et K complets et 5 pl. des cahiers E et F.
> Belles épreuves d'une série fort rare et recherchée. Les cahiers B,
> G et K sont à toutes marges, les autres sont remargés.

310. — Septième livre contenant des fontaines pour la décoration des jardins et places publiques, inventés par G.-M. Oppenort et gravés par Huquier. *A Paris, chez Huquier*, s. d.
In-fol. en feuilles.

> Suite complète de 6 pièces avec marges.
> On y a joint :
> 6 p. dépareillées du moyen Oppenort ;
> 6 p. cartouches et encadrements d'après Oppenort.
> Ensemble 18 pièces.

311. — Livre de fragments d'architectures. Recueillis et dessinés
à Rome, d'après les plus beaux monuments. *A Paris, chez
Huquier*. Petit in-4°, veau marbré, dos orné, dent. int., tête
rouge.

> Recueil connu sous le nom de : « Petit Oppenort », contenant 164 pl.
> imprimées recto et verso (au lieu de 168).

312. — Cartouches, 12 pièces. — Fragments d'architecture, 12 p.
Ens. 24 pièces. In-4°, en ff.

**313. Orfèvrerie. Recueil de planches d'orfèvrerie et
bronzes**, d'après Delafosse, Boucher fils, Forty, Charmeton,
1 vol. in-fol., rel. vélin.

> 120 planches classées par ordre méthodique et comprenant les
> 20 cahiers suivants :
> Delafosse. Chandeliers d'églises, pieds de croix, FF, 30ᵉ cah. 6 p.
>   —   Flambeaux et chandeliers de table, etc. CC, 27ᵉ cah. 6 p.
>   —   Girandoles et bras de cheminée, BB, 26ᵉ cah. 6 p.
>   —   Calices, ciboires et burettes, DD, 28ᵉ cah. 6 p.
>   —   Lutrins et soleils, EE, 29ᵉ cah., 6 p.
>   —   Grilles de chenêts et feux de cheminées, AA, 25ᵉ cah. 6 p.
>   —   Médaillons ovales, C., 6 p.

Boucher fils. Chandeliers simples, 56e cah., 6 p.
    — Chandeliers à plusieurs branches, 55e cah., 6 p.
    — Bougeoirs, 62e cah., 6 p.
    — Guéridons propres à porter des torchères, 54e cah., 6 p.
    — Bras de cheminées, 53e cah., 6 p.
    — Feux, 52e cah., 6 p.
    — Flacons, 64e cah., 6 p.
    — Pommes de cannes, 60e cah., 6 p.
    — Étuis de poches, manches de couteaux, lunettes et loupes, 61e cah., 6 p.
Forty. Livre III. Flambeaux de table, 6 p.
    — Livre I. Calices, 6 p.
    — Livre II. Ciboires, 6 p.
Charmeton. Vases, 6 p.

314. Osmont. 4e cahier d'ameublement, lits, alcôves et croisées. In-4°, obl. demi-maroq. Lavall., coins, tête dor., n. rog.

50 planches gravées au trait, modèles de tapisseries de style empire.

315. Panier (A.). Recueil de différents vases (ou fontaines). *A Paris, chez Bonnet.* In-4°, en ff.

7 pièces gravées par Janinet, imprimées en sanguine et provenant de 3 cahiers différents.

316. Panseron. Éléments d'architecture, par le sieur Panseron. *A Paris, chez l'auteur,* 1773-85. 3 vol. petit in-4°, rel. veau, tr. r.

Illustré de nombreuses planches gravées.

317. Parsons. A New Book of Cyphers; by colonel Parsons. *London,* 1703. In-4° obl., demi-rel. mar. brun, tr. dorée.

Titre, frontisp., et 47 pl. gravées (au lieu de 56) donnant chacune 8 modèles de chiffres enlacés. Épreuves remargées.

318. Patte. Monuments érigés en France à la gloire de Louis XV... *A Paris, chez l'auteur,* 1765. In-fol., maroq. rouge, dos orné de fleurs de lys, fil., dent. int., tr. d. (*Rel. aux armes royales.*)

57 pl., plusieurs pliées, gravées par Patte, Boffrand, Baquoy, Lemire, etc.

319. — Mémoires sur les objets les plus importants de l'architecture. *Paris, Rozet,* 1769. In-4°, bas. marbrée, dos orné, tr. rouge.

Dans ce vol. se trouve aussi l'ouvrage suivant :
Mémoire sur la construction de la coupole projetée pour couronner la nouvelle église de Sainte-Geneviève (Panthéon), à Paris, par Patte. *Amsterdam*, 1770. Ces 2 ouv. cont. de nombr. pl. grav. en taille-douce.

320. Paty. Suite de Trophées d'après le Chevalier De La Touche, gravés par Paty. *Paris, F. Chéreau.* In-8°, en ff.

Suite de 6 pièces représentant 12 charmants petits Trophées, l'une d'elles est déchirée.

321. Percenet. Recueil de Vases, composés et gravés par Percenet, architecte. *A Paris, chez la Vve de F. Chéreau.* In-4°, en ff.

Suite de 14 pièces à grandes marges.

322. Percier et Fontaine. Recueil de décorations intérieures, comprenant tout ce qui a rapport à l'ameublement... *Paris,* 1812. In-fol. demi-chag. rouge avec coins, tête rouge, non rog.

72 pl. grav. représ. des objets mobiliers style empire.

323. Pergolesi. Œuvre de Michel-Angelo Pergolesi. *London,* 1777-1792, Gr. in-fol. en feuilles dans un carton.

Dédicace et 65 pl. gravées par Pergolesi donnant plus de 400 motifs de décoration de l'époque Louis XVI : panneaux, frises, vases, orfèvrerie, plafonds, intérieurs d'appartements, rampes, etc.

324. Petitot. Suite de Vases. — Mascarade à la grecque. Dessinées par le chevalier Ennemond-Alexandre Petitot et gravées à l'eau forte par Benigno Bossi. *Parme*, 1764-1771. 1 et. in-fol., demi-rel.

Ces deux suites, de très beau style et exécutées avec extrêmement de goût, comprennent : la première, 33 pièces y compris le titre et 2 dédicaces ; — la seconde, 11 pièces, y compris le titre et la dédicace. Cette seconde suite est excessivement curieuse par les fantaisistes costumes imaginés par le dessinateur.

325. Peyre (Marie-Joseph). Œuvres d'architecture. Nouvelle édit. *Paris*, 1795. In-fol., demi-maroq. r., tr. j.

21 pl. gravées sur cuivre.

326. Peyrotte (A.). Divers Ornements, gravés par Huquier, 4 pièces de grand format (n° 1, 3, 5, 6). In-fol., en ff.

On a joint 2 pièces de forme ronde : trophées gravés par Demarteau, et 2 pièces vases et ornements, gravés par Pariset.

327. Plauget. Lettres ornées, cinquième cahier du recueil de chiffres. In-4°, demi-rel. veau fauve.

> 12 pièces remargées d'une suite de 13 (le nᵒ 1 manque et a été remplacé par une reproduction).

328. Picart (Bernard). Premier des magnifiques carrosses de Mgr le Duc d'Ossuna, ambassadeur de S. M. Philippe V, pour la Paix, faits pour l'Entrée Publique de S. Ex. à Utrecht. *Se vendent à Paris, chez B. Picard*, 1714. In-fol., en ff.

> Suite de 7 pièces, dont une double représentant le Carrosse entier. Belles épreuves à toutes marges.

329. — Culs de lampe historiés et ornements dessinés par Bern. Picart, gravés par divers artistes, découpés dans la Bible de Saurin et dans les Figures de la Bible, éd. d'Amsterdam, 1720. Réunion de 87 jolies pièces soigneusement remontées en 1 vol. In 4°, demi-rel. bas.

> Le même volume contient :
> 1º Nouveau livre de principes d'ornements, d'après les dessins de C. Gillot, peintre du Roy, suite d. 12 p. In-4°.
> 2º Bichel. Cartouches de feuillages contenant des sujets mythologiques, rinceaux, candélabres, etc., 9 pièces.
> 3º Motifs de rocailles en forme de racines et de troncs d'arbres, 7 pièces anonymes, belles épreuves à toutes marges.
> Ensemble 115 pièces.

330. Pierre (Jean-Baptiste). Fontaines ornées de figures dans le genre de Boucher, 2 pièces. In-fol., à grandes marges.

331. Pillement (Jean). Fleurs, ornements, cartouches, figures et sujets chinois, etc. In-4° et in-fol., en feuilles dans un carton.

> 125 pièces gravées par Pillement, Avril, Canot, Deny, etc.
> Plusieurs sont imprimées en couleurs ou coloriées.

332. Pineau (Nicolas). Modèles de décorations intérieures, cheminées, plafonds, meubles, cartouches, vases, etc., et de décorations d'églises. Réunion de 80 pièces petit in-fol. publiées par Mariette, Basset, Crépy, Chéreau, etc., en feuilles dans un carton.

> Les suites les plus intéressantes de ce recueil sont les suivantes :
> Nouveaux dessins de pièces de tables et de vases et consoles de sculpture en bois, suite de 6 p. à grandes marges.

> Nouveaux dessins de lits, suite de 6 pièces à toutes marges.
> Cahier de cartouches (3 motifs sur la feuille), suite de 6 p. à toutes marges.

333. Pineau fils (D.). Livre de Pieds de Tables, Piédestaux, inventés et gravés par Pineau fils, sculpteur. *A Paris, chez l'auteur*, 1756. Petit in-fol., en ff.

> Titre et 9 pièces. Belles épreuves à grandes marges.

334. Piranesi. Diverse maniere d'adornare i cammini ed ogni altra parte degli edifizi desunte dall'architetture egizia, etrusca, greca e romana (*Rome*, 1769). In-fol., demi-bas. marbrée, tr. j.

> 1 titre frontisp. et 70 pl. dont une suite de 1 à 66 : Cheminées, pendules, meubles et divers.

335. Post (P.). Les ouvrages d'architetture de Pierre Post. *A Leide*, 1715. In-fol., veau ant. tr. r.

> Nombreuses pl. grav. sur cuivre, architecture et décoration intérieure.

336. Poteries de la Reine. Desseins de divers articles de Poteries de la Reine en couleurs de crème, fabriqués à la poterie de Hartley, Greens and Cᵒ, à Leeds; avec une quantité d'autres articles. *Leeds*, 1785. In-4ᵒ, rel. bas.

> 45 pl. gravées représentant 184 motifs : soupières, légumiers, saucières, plats, huiliers, vases, théières, tasses, etc.

337. Pouget fils. Traité des pierres précieuses et de la manière de les employer en parure. *A Paris, chez l'Auteur*, 1762. In-4ᵒ, dérelié.

> 1ʳᵉ partie contenant 1 titre gravé par Courtois, d'après Piauger et 79 planches gravées par Mlle Raimbeau, représ. des modèles de joaillerie, aigrettes, girandoles, boucles de fleurs, bracelets, boucles de souliers, etc. Les pl. 3 et 52 sont incomplètes.

338. Prieur (L.) **et Fay** (J. B.). Arabesques, frises, montants d'ornements, décorations d'appartements, cheminées, vases, meubles, bijouterie, etc. Petit in-fol. en feuilles.|

> Environ 240 pièces dont plusieurs doubles, [donnant des motifs d'ornementation de la fin du xviiiᵉ siècle. Marges inégales.

339. — Arabesques et frises. Recueil factice de 48 pièces montées sur bristols bleutés et reliées en 1 vol. In-fol., demi-rel. veau, dos orné.

340. Prudhon. Description de la Toilette présentée à Sa Majesté l'impératrice-reine, et du berceau offert à S. M. le Roi de Rome, par M. le comte Frochot, Préfet de la Seine, et par le Corps Municipal, au nom de la Ville de Paris. *Paris*, 1811. In-fol. demi-veau brun.

> Couverture, 1 feuille explicative, et 5 planches composées par Prudhon et gravées au trait par Cavelier et Pierron.

341. Quéverdo. Petits Trophées, 6 pièces gravées par Marie-Thérèse Martinet. — Les Quatre Saisons, panneaux décoratifs composés et dessinés par Quéverdo, 1788 ; ens. 10 pièces. In-8 et petit in-fol.

342. Quéverdo, Tibesar, Michel, Salembier. Arabesques, Recueil factice de 30 pièces montées sur des bristols bleutés et réliées en 1 vol. In-fol. demi-rel. veau, dos orné.

> Premier (et deuxième) cahier de panneaux, frises et sujets arabesques, par Quéverdo, 1788, 12 charmantes pièces — 1er cahier d'arabesques, par Tibesar, 6 p. — 2e cahier d'arabesques à l'usage des artistes, par Michel, 6 p. — Cahier d'arabesques (B), par Salembier, 6 p.

343. Ranson. Premier (-cinquième) cahier de groupes de fleurs et d'ornements (pour la décoration). *A Paris, chez Chéreau*. Petit in-fol., en ff.

> 30 planches gravées par Berthault formant 5 cahiers, le 4e est de format double.
> On y a joint 6 pièces en double état.
> Ens. 36 pièces remargées.

344. — Cahier de chiffres inventés par Ranson. Voyssard, sculp. *Paris, Chéreau*, 2 pièces (nos 10 et 11). In-fol., en ff.

> Belles épreuves à toutes marges.

345. — Œuvres contenant un recueil de Trophées, Attributs, Cartouches, Vases, Fleurs, Ornemens et plusieurs desseins agréables pour broder des fauteuils. Composés et dessinés par Ranson et gravés par Berthaut et Voysard. *Paris, chez Esnault et Rapilly*, 1778. In-fol. en ff. dans un carton.

> 106 planches d'une suite de 120 pièces, divisées en 20 cahiers (le 13e manque, ainsi que les planches no 5 du 11e cahier, no 1, 2, 4 à 6 du 17e, no 3, du 18e, et no 2, du 20e).
> On y a joint :
> Les nos 1 et 3 du 21e cahier (très rare).
> 32 pièces doubles des cahiers ci-dessus.
> Ens. 140 pièces, soigneusement remargées.

346. Ranson. Suite de l'œuvre de Ranson (Meubles et Gilets brodés). *A Paris, chez Esnault et Rapilly.* In-fol., en ff.

35 pièces gravées par Berthault, Voysard, Duhamel, Juillet, extraites des cahiers suivants :

A. Premier cahier de lits à la mode, 5 pièces (nos 1 à 3, 5, 6).
B. Deuxième cahier de lits à la mode, 6 p. (nos 7 à 12).
C. Nouveau cah. de lits à la mode, 2 p. (nos 13 et 17).
D. Nouveau cahier de vestes et gilets à la mode, 5 p. (nos 19 à 22, 24).
E. Nouveau cahier de vestes et gilets à la mode, 1 pièce (no 26).
F. Nouveaux lits à la mode, 5 p. (31 à 35).
G. Nouveaux meubles à la mode, 6 p. (37 à 42).
H. Nouveaux meubles à la mode, 4 p. (nos 43, 45, 46, 47).
L. Nouveaux lits à la mode, 1 p. (no 56).

On y a joint 8 pièces, épreuves doubles ou non numérotées, l'une d'elles est coloriée.

Belles épreuves, la plupart remargées, de pièces fort rares donnant d'intéressants motifs d'ameublements Louis XVI.

347. — (Trophées, ornements pour la boiserie d'appartement, chiffres.) *A Paris, chez Le Père et Avaulez, la veuve Avaulez et les Campions frères, rue Saint-Jacques, à la Ville de Rouen,* s. d. in-fol. demi-rel., dos et coins de mar. brun, dos orné. (Pagnant.)

Recueil de 88 planches gravées par Berthault et Juillet comprenant 15 cahiers de 6 pl. Les nos 4 et 6 du 14e cahier manquent.

On a joint à cet exemplaire :

1 charmant frontispice gravé par Berthault d'après Marillier.

17 pièces doubles du même recueil en différents états.

20 pièces tirées sur 11 feuilles : Groupes de fleurs et d'ornements pour la décoration, publiées chez Fr. Chéreau et gravées par Berthault.

Ensemble 126 pièces soigneusement remargées.

348. — Premier (- quatrième) cahier de décorations d'appartements dessinés par Ranson et gravés par Juillet. *A Paris, chez la veuve Avaulez et les Campions frères.* In-fol., en ff.

20 pl. d'une suite de 24 pièces de grand format (les nos 9 à 12 du 2e cahier manquent.)

Épreuves remargées.

349. — Cahiers d'ameublements dessinés par Ranson et gravés par Juillet. *A Paris, chez les Campions frères.* In-fol, en ff.

8 pièces (nos 1 à 6 du 1er cah., et nos 2, 6 du 2e).

On y a joint 10 pièces de meubles d'après Ranson, provenant de différentes suites.

Ens. 18 pièces remargées.

350. **Ranson**. Livre de Trophées des Arts et Sciences dans un nouveau goût, inventés et dessinés par Ranson, peintre décorateur. *A Paris, chez Mondhare.* — Nouveau recueil de jolis Trophées, Cartouches, Fleurs et Fruits utile aux artistes de tous genres, inventés par le sieur Ranson, peintre, gravés par Berthault. *A Paris, chez Mondhare.* Petit in-fol., en ff.

> Deux suites complètes de chacune 13 pièces, y compris le titre.
> Belles épreuves à grandes marges.
> On y a joint :
> Nouveau Livre de Vases, par le sieur Ranson. *A Paris, chez Mondhare,* 8 p. remargées.
> Nouveau Livre de Trophées à l'usage des artistes, 4 p.
> Livre de Trophées des Arts et Sciences dans un goût nouveau, 6 petites pièces gravées par Marks.
> Ens. 44 pièces.

351. **Ranson et Pillement**. Recueil factice de 58 pièces de Trophées de Ranson et de Fleurs de Pillement. In-4°, demi-rel. vélin.

> Ce recueil contient :
> Ranson. Livre de trophées des arts et sciences dans un nouveau goût. Paris, Mondhare, 12 pièces. — Les quatre éléments, 4 pièces. — 3ᵉ cahier de trophées militaires ; 6ᵉ suite de trophées de chasse ; 12ᵉ cahier, trophées religieux ; 4ᵉ cahier de groupes de fleurs et attributs pastorals, 4 cahiers de chacun 6 pièces, édités par Esnaut et Rapilly.
> Pillement. Cahier de fleurs singulières, 6 p.; Fleurs persanes, 4 p.; Fleurs baroques, 6 pièces.

352. **Recueil d'arabesques**, contenant les loges du Vatican, gravées d'après Raphaël d'Urbin ; et grand nombre d'autres compositions du même genre, dans le style antique, d'après Normand, Quéverdo, Salembier, Prieur, Boucher, Dugourg et autres. *A Paris, chez Joubert,* 1802. In-fol. demi-bas. fauve.

> Titre et 122 pl. tirées sur 44 feuilles. Arabesques, vases, panneaux, frises, etc., par Boucher, Quéverdo, Salembier, etc.

353. **Répertoire des Artistes** ou Recueil de Compositions d'Architecture et d'Ornements antiques et modernes, de toute espèce, par divers auteurs dont les principaux sont Marot, Loire, du Cerceau, Le Pautre, Cottart, Pierretz, Cotelle, Le Roux, Bérain, etc. Avec un abrégé historique de la Vie et des ouvrages de chacun de ces artistes, par Ch.-Ant. Jombert. *Paris,* 1765. 2 vol. in-fol., pl., veau fauve, dos ornés, tr. rouge. (Rel. anc.)

Recueil de 695 estampes en 56 suites diverses relatives à l'architecture, à la décoration des appartements, à l'ameublement, l'orfèvrerie, la bijouterie, etc.

Bel exemplaire bien complet et en parfait état de conservation.

On y a ajouté une belle épreuve du portrait de Jombert, gravé par Aug. de Saint-Aubin d'après Cochin, 1770.

354. Roch. Modèles de dessus de boîtes et tabatières, *Daumont exc.* In-8°, en ff.

> Suite de 8 pièces non citées par Guilmard.
> On y a joint 6 pièces doubles.

355. Rosis (ANGELO). A new book of ornaments consisting of compartment, decorations of theaters, ceilings, chimney pieces, doors, windows, etc. engraved by A. Visentini. *London, 1753*. In-fol., en feuilles.

> Suite complète de 24 pl. y compris le titre.

356. Roumier (F.). Livre de plusieurs coins de bordures, inventez par François Roumier, sculpteur du Roy. *Se vend à Paris, chez Pierre Fessard*. Suite de 7 pièces. In-8°, en ff.

357. Saint-Aubin (CHARLES-GERMAIN DE). **Bouquets champêtres**, dédiés à Madame la Maréchalle de Biron (et à Madame la marquise de Pompadour). *A Paris, chez la veuve de François Chéreau*. In-4°, demi-rel., dos et coins de chag. violet, tête dorée.

> Suite complète de **24 pièces** gravées au trait, y compris 2 titres
> Dans cet exemplaire les épreuves ont été soigneusement coloriées à la main à l'époque de la publication.
> Très rare en cet état.

358. — Bouquets champêtres, dédiés à la Marquise de Pompadour. *A Paris, chez la veuve F. Chéreau*. In-4°, en ff.

> Suite de 12 pl. au trait formant le 2ᵉ livre.
> On y a joint le titre du 1ᵉʳ livre.

359. — Premier (et Deuxième) recueil de chiffres inventés par de Saint-Aubin, dessinateur du Roi. *A Paris, chez la veuve de F. Chéreau*. In-fol., en ff.

> Suite complète de 13 estampes, gravées par Marillier. Épreuves à toutes marges.
> On y a joint une épreuve double du titre du 2ᵉ cahier.

360. Saint-Aubin (Ch.-G. de). Essay de Papilloneries humaines (P. de Baudicour 7). In-fol.

100

Belle épreuve du titre du 2ᵉ cahier. Très rare.

361. Salembier. Premier (-huitième) cahier d'ornements dessinés par Salembier, et gravés par Juillet, en 1777-78. *A Paris, chez Le Père et Avaulez, et la Vᵛᵉ Avaulez.* In-fol., en ff.

400

40 pièces, d'une suite de 48 pl., donnant des modèles de frises, vases, boîtes de pendules, tombeaux, cartels, trophées, guéridons, chandeliers, tables, feux, etc.

Le 7ᵉ cahier manque, ainsi que les pl. 18 et 24.

Belles épreuves, la plupart à grandes marges, plusieurs en sanguine.

On y a joint 6 pièces en double état.

362. — Cahier de Frises, composées et gravées par Salembier. *A Paris, chez Chéreau.* In-fol., en ff.

Suite complète de 6 pièces, avec marges.

363. — Principes d'ornements. *A Paris, chez l'auteur et chez Bance aîné.* In-fol., en ff.

29 pièces d'une suite de 40 pl. à grandes marges.

On y a joint 15 pièces doubles.

364. — Recueil d'ornements pour l'architecture depuis les fragments jusqu'aux chapiteaux, dessinés et gravés par Salembier. *Paris, Bance,* 1838. In-fol., demi-rel. dos et coins maroq. rouge, tête dorée.

40 pl. en 10 cahiers.

365. — Modèles d'orfèvrerie, dessinés et gravés par Salembier. *A Paris, chez Bance aîné.* In-fol., en ff.

300

31 pièces d'une suite de 36 pl. (manque nᵒˢ 9 et 15 à 18).

366. — Fleurs, ornements, vases, frises, arabesques, trophées, meubles, bronzes, orfèvreries, etc. Recueil factice de 90 pièces montées sur des bristols bleutés et reliées en 2 vol. in-fol., demi-rel. veau, dos ornés.

300

367. — Trophées, Fleurs d'après nature, Arabesques, Ornements divers; 35 pièces gravées par Salembier et par Bonnet. In-fol., en ff.

100

La plupart de ces feuilles sont tirées à la sanguine.

368. Sayer (Sold by Robt). Les douze Mois de l'année figurés par des bouquets de Fleurs dans des Vases. Suite de 12 pièces. Petit in-fol., en ff.

369. Schübler (J. J.). Architecture. *Nürnberg, Joh. Ch. Weigel,* s. d. In-fol., demi-rel. veau.

370. Serrurerie. Rampes, Balcons, Potences d'enseignes, Chapiteaux, Entrées de serrures. In-fol., en ff.

> 12 pièces de jolis modèles de serrurerie, de style Louis XV, publiées par Chéreau.

371. — Premier et deuxième cahier de différents morceaux de Serrurerie. In-4°, en ff.

> Suite de 8 pièces anonymes représentant des balcons, rampes, grilles. Belles épreuves avec marges.

372. Taute (Christian). A Book of ornaments useful for Jewellers, drawn and invented by Christian Taute. *London,* s. d. Petit in-fol. cart. dos et coins de perc. rouge.

> Titre et 8 pl. de bijouterie et joaillerie. Épreuves en mauvais état de conservation habilement remargées.

373. Tessier (L.). Livre de Vases de Fleurs. — Livre de Corbeilles de Fleurs. — Livre de six Bouquets. *A Paris, chez Chéreau.* In-4°, en ff.

> 3 cahiers de chacun 6 planches gravées par Avril.
> On y a joint :
> Livre de Fleurs, dédié à M. de Buffon, 3 pièces de grand format, gravées par Demarteau ;
> 15 pièces doubles des pièces précédentes et Fleurs diverses.

374. Tijou. Livre de serrurerie de composition anglaise contenant plusieurs dessins pour les maisons Royales et pour celles des personnes de qualité et particuliers, lesquels ont été exécutés à Londres. *Se vend à Paris, chez le Sr Fordrin,* s. d. In-fol., rel. veau marbré, fil., dos orné, tr. dor.

> Suite complète de 20 p., y compris le titre, donnant de superbes motifs de serrurerie d'après Tijou, gravé par Van der Bank, Van der Gucht, Bouche et Gentot.
> Toutes les planches, sauf deux, sont du deuxième tirage dans lequel le nom de Tijou a été remplacé par : *Fordrin, exc.*
> Belles épreuves à grandes marges.

375. **Toro** (J. Bernard). **Son Œuvre**; réunion de 120 pièces, gravées par Blanc, Pavillon, de Rochefort, Cochin, etc. In-fol., en ff. dans un carton.

> Ces charmantes compositions sont des chefs-d'œuvre de bon goût.
> Voici la désignation des principaux cahiers de l'œuvre :
> Livre de table de diverses formes. *Paris, Dubuisson,* 6 pièces.
> Dessins arabesques à plusieurs usages. *Paris, Dubuisson,* 9 pièces.
> Cartouches. *Paris, Dubuisson,* 6 pièces.
> Trophées. *Paris, Dubuisson,* 6 pièces.
> Dessins à plusieurs usages, 11 pièces.
> Livre de Vases. *Aix-en-Provence, Pavillon,* 4 p.
> Nouveau livre de Vases. *Paris, Gautrot et autres,* 15 p.
> Vases nouveaux, 6 pièces.
> Mascarons, 7 pièces,
> Livre nouveau de Cartouches. *Paris, de Poilly et Gautrot,* 12 pièces.
> Livre de Cartouches. *Aix-en-Provence, Pavillon,* 6 pièces.
> Nouvelle manière d'ornements. *Paris, Gautrot,* 5 pièces.
> Livre pour Vaisselle d'Église. *Aix-en-Provence, Pavillon,* 6 pièces.
> Frises. *Aix-en-Provence. Pavillon,* 6 p.
> Frises. *Paris, de Poilly,* 5 pièces.
> A Book of Masks. *Londres, Vivarès,* 6 pièces, etc., etc.
> Belles épreuves, soigneusement remargées, de pièces fort rares.

376. **Van Nerock** (Louis). Nouveau livre de Cartouches utile aux Peintres, Sculpteurs et autres, inventés et dessinés par Louis Van Nerock, gravés par P. F. Tardieu. *A Paris, chez Jacques Chéreau.* Petit in-fol., en ff.

> 5 pièces sans marges, non citées par Guilmard.

377. **Vassé** (A. F.). Dessin d'une Pendule décorée des chevaux d'Apollon et placée sur un Trumeau entre deux croisées. In-fol.

> Belle pièce gravée par C.-N. Cochin.

378. **Verrien.** Recueil d'emblèmes, devises, médailles, etc., accompagné de plus de deux mille chiffres fleuronnés, etc. *Paris, Claude Jombert,* 1724. In-8°, rel. veau, tr. r.

> 1 portrait, 1 frontisp. et 249 pl. de chiffres en tous genres, supports et cimiers.

379. **Vignole.** Règles des cinq ordres d'architecture. Nouveau livre enrichi de vignettes et cartels dessinés et gravés par Babel. *Paris, Jacques Chéreau,* 1747. Petit in-4°, rel. veau marbré, tr. rouge.

> Belles épreuves des charmantes vignettes de Babel.

380. Vignole. Le Vignole moderne, ou traité élémentaire d'architecture, où sont expliqués les principes des cinq ordres de J.-B. de Vignole, composé et gravé par J.-B. Lucotte. *Paris,* 1772. In-4°, demi-bas. marb. dos orné, tr. rouge. (Rel. mod.)

381. Vinsac. Motifs d'orfèvrerie. *A Paris, chez l'auteur.* In-fol., en ff.

> 26 belles planches tirées en bistre, extraites des 10 premiers cahiers de l'œuvre.
> Marges inégales.
> On y a joint 3 pièces doubles.

382. Watteau (ANTOINE). Son portrait d'après lui-même et gravé par Boucher. In-fol.

> Belle épreuve à grandes marges.

383. — Paravent de six feuilles. *A Paris, chez Gersaint et chez Suruque.* In-fol., en ff.

> Suite complète de six panneaux arabesques, gravés par Crépy fils.

384. — L'Enjôleur ; Le Vendangeur ; Bacchus ; Le Frileux. *A Paris, chez Gersaint.* In-fol., en ff.

> Suite complète de quatre panneaux arabesques en hauteur, gravés par Aveline et Moyreau.

385. — Arabesques : Les Enfants de Momus ; Les Jardins de Bacchus ; Les Jardins de Cythère ; Divinité chinoise ; Le Marchand d'orviétan ; L'Amusement ; Vénus blessée par l'Amour. 7 pièces, in-fol., en largeur, gravée par Moyreau, Huquier et Aveline.

386. — Arabesques : Les Singes de Mars ; Partie de chasse ; Colombine et Arlequin ; Le Théâtre ; Le Galand, etc. 7 pièces in-fol., gravées par Moyreau, Huquier, Audran, etc.

387. — Arabesques : Le Berger empressé ; Le Jardinier fidèle ; L'Innocent badinage ; Les Plaisirs de la jeunesse ; Les Oiseleurs ; Le Repos des Pellerins ; Apollon ; Diane. *A Paris, chez la veuve de F. Chéreau.* 8 pièces, petit-in-fol. en hauteur, gravées par Huquier.

388. **Watteau** (ANT.). Livre nouveau de différents trophées
inventés par A. Watteau, et gravés par Huquier. In-4°, en ff.

> 9 pièces d'une suite de 12.
> On y a joint 2 pièces doubles.

389. **Zerman** (PIETRO). Modèles de carrosses. 3 pièces, petit
in-fol., en ff.

LIVRES ILLUSTRÉS DU XVIIIe SIÈCLE

390. **Anacréon**, Sapho, Bion et Moschus, traduction nouvelle
en prose, suivie de la Veillée des fêtes de Vénus et d'un
choix de pièces de différents auteurs, par MM... C... (Mou-
tonnet de Clairfond). *A Paphos, et se trouve à Paris, chez Le
Boucher*, 1773. In-8°, veau porphyre, dos orné, fil., dent., tr.
dor.

> Charmantes illustrations d'Eisen, gravées par Massard compr.
> 1 frontispice, 12 vignettes et 13 culs-de-lampe.

391. **Arioste** (L'). Roland furieux, poëme héroïque de l'Arioste.
Traduction nouvelle, par d'Ussieux. *A Paris, chez Brunet*, 1775-
1783. 4 vol. in-8°, veau marb., dos ornés, fil. tr. dor.

> 1 portrait par Eisen, gravé par Ficquet et 92 figures par Cipriani,
> Cochin, Eisen, Greuze, Monnet et Moreau.
> Belles épreuves des figures.

392. **Bernard.** L'Art d'aimer et poésies diverses. *Paris*, s. d.
In-8°, demi-bas. fauve, coins, tr. r.

> 7 figures d'Eisen et de Martini.

393. — OEuvres de P.-J. Bernard, ornées de gravures d'après les
dessins de Prud'hon, la dernière estampe gravée par lui-
même. *Paris, Didot*, 1797. In-4°, maroq. rouge, tr. dorée.

> Illustré de 4 fig. de Prud'hon. Rel. en mauvais état.

394. **Berquin.** Romances. *Paris, Ruault*, 1776. In-12, veau.
marbré, dos orné, tr. dorée.

> Papier de Hollande avec les charmantes figures de Marillier, avant
> les numéros, et 6 feuillets de musique gravée.

395. Boccace (JEAN). **Le Décaméron** (trad. par Le Maçon). *Londres* (Paris), 1757-1761. 5 vol. In-8°, maroq. rouge, dos ornés, fil., tr. dorées. (Rel. anc.)

> 1 portrait, 5 frontispices, culs-de-lampe et 110 figures par Gravelot, Boucher, Cochin et Eisen, gravés par Aliamet, Baquoy, Lemire, Lempereur, Saint-Aubin, etc. Bonnes épreuves des figures de ce charmant livre du XVIII° siècle.

396. Cantiques et Pots-Pourris. *Londres* (Paris, Cazin), 1789. 6 parties en 1 vol. in-18, veau écaille, dos orné, tr. dor.

> Illustré d'un curieux frontisp. et 6 jolies fig. de Borel, gravées par Elluin, non signés.
> Salissures à plusieurs pages.

397. Causans (DE). Démonstration de la quadrature du cercle, par M. le chev. de Causans. *S. l. n. d.* In-4°, demi-rel., dos et coins de chagr. bleu.

> Illustré d'un frontispice et de 5 pl. dans des encadrements variés.

398. Demarteau et Bonnet, sujets mythologiques, allégoriques ou champêtres, têtes de femmes, amours, sujets galants, etc. Recueil factice de 86 pièces, d'après Boucher, Huet, Cochin, etc., gravées ou publiées par Demarteau et Bonnet. In-fol., demi-rel. dos et coins de veau fauve, fil., dos orné, tête dor. (Pagnant.)

> Belles épreuves imprimées en sanguine remargées.

399. Duclos. Acajou et Zirphile. Conte. *A Minutie*, 1744. In-4°, rel. veau, dos orné, tr. rouge.

> Frontisp. et 9 fig. de Boucher, gravés par Chédel.

400. Erasme. L'Éloge de la Folie, traduit du latin d'Erasme par M. Gueudeville. Nouvelle édition, revue et corrigée sur le texte de l'édition de Bâle, ornée de nouvelles figures. (*Paris*), 1751. In-4°, rel. veau, tr. dorée.

> Ex. tiré sur gr. papier de format in-4°, ill. d'une frontispice dans un bel encadrement et de 13 figures par Eisen.

401. Fénelon. Les Aventures de Télémaque. *Paris, Didot*, 1790, 2 vol. gr. in-8°, rel. veau, fil. dos ornés, tr. dorées.

> Portrait de Fénelon d'après Vivien et 24 fig. de Marillier.

402. Feste celebrate in Parma per le nozze del real infante duca
Ferdinando di Borbone con S. A. R. l'archiduchessa d'Austria
Maria Amalia. *Parme.* 1769. In-fol. veau porphyre, dos orné,
tr. rouge. (Rel. aux armes.)

> 37 pl. de Petitot.

403. Fêtes publiques données par la ville de Paris, à l'occasion
du mariage de Mgr le Dauphin, les 23 et 26 février 1745.
Gr. in-fol. veau marbré, aux armes de la ville de Paris, tr.
dorée.

> Titre, 20 pl. et 18 pp. de texte encadré.

404. Florian (CLARIS DE). Galatée, roman pastoral imité de Cer-
vantès. *Paris, Defer de Maisonneuve,* 1793. In-4°, cartonné
non rog.

> Illustré de 4 charmantes pièces imprimées en couleurs d'après les
> dessins de Monsiau.

405. Fontenelle. OEuvres diverses. Nouvelle édition augmentée
et enrichie de Figures gravées par Bernard Picart, le Romain.
La Haye, Gosse et Neaulme, 1728-29, 3 vol. In-4°, veau
écaille, fil., tr. dorée.

> Portrait d'après Rigaud, 5 frontispices et 176 vignettes, fleurons et
> culs-de-lampe, gravés par Bernard Picart.

406. Fromageot. Anecdotes de la bienfaisance, ou annales du
règne de Marie-Thérèse, reine de Hongrie, etc. *Paris, Nyon
l'aîné,* 1777. In-8°, veau écaille, fil., dent. int., tr. dor.

> Portrait de Marie-Thérèse, gravé par Cathelin, d'après Ducreux,
> 2 portraits en médaillons et 4 figures par Moreau, gravés par Gaucher,
> Duclos, etc.

407. Gessner (SALOMON). OEuvres. *Paris, Renouard,* an VII-
1799, 4 vol. In-8°, veau marbré, dos ornés, dent., tr. marbrée.

> 3 portraits et 48 figures par Moreau, gravés par Baquoy, Dambrun,
> Delvaux, Lemire, etc.

408. Godonnesche. Médailles du règne de Louis XV. S. l.
n. d. (Paris). Petit in-fol., demi-maroq. rouge avec coins, dos
orné, tête dorée, n. rog.

> Titre en forme de cartouche et 55 ff. entourés d'un encadrement
> historié cont. les reprod. de médailles.

409. Gosmond. Les Glorieuses campagnes de Louis XV, le Bien-Aimé, représentées par des Figures allégoriques, avec une explication historique. *Paris, chez l'auteur*, s. d. In-4°, demi-maroq. bleu avec coins, dos orné, tête dorée, n. rog.

Titre frontisp., 2 titres ornés et 32 ff. entourées d'un encadrement de filets noirs, contenant les fig. allégoriques en forme de médaillons. Piqûres de vers au fond de la marge atteignant le texte à quelques pp.

410. Grâces (Les). Recueil de différents ouvrages sur les Grâces (prose et vers), par Meunier de Querlon. *Paris, Prault,* 1769. Gr. in-8°, veau marbré, dos orné, tr. r.

Frontispice par Boucher, titre et 5 jolies fig. par Moreau le jeune, gravées par Simonet, Massard, de Longueil et de Launay.

411. Héro et Léandre. Poème nouveau en trois chants, traduit du grec sur un manuscrit trouvé à Castro. *Paris, Didot,* an IX (1801). In-4°, demi-rel. veau rouge.

Frontisp. et 8 estampes en couleurs dessinées et gravées par Debucourt.

412. Huet (J. B.). **Coiffures et costumes Louis XVI. —** Etudes pour les Demoiselles. *A Paris, chez Bonnet,* s. d. gr. in-4°, demi-rel. dos et coins de veau brun, dos orné, tête dor.

Recueil de 22 charmantes pièces (plusieurs en double état) tirées en sanguine donnant des modèles de coiffures et costumes de la fin du xviiiᵉ siècle.

413. Laborde (DE). **Choix de chansons** mises en musique par M. de La Borde, premier Valet de Chambre du Roi, Gouverneur du Louvre. Ornées d'estampes par J. M. Moreau, dédiées à Madame la Dauphine. *Paris, de Lormel,* 1773, 4 vol. gr. in-8°, veau marbré, dos ornés, fil., tr. rouges. (Rel. anc.)

Ce livre, l'un des plus beaux du xviiiᵉ s., est entièrement gravé.

Le 1ᵉʳ vol. orné d'un portrait *dit à la lyre,* gravé par Masquelier d'après Denon ; 1 fleuron, 1 frontispice et 25 jolies figures gravés par Moreau le jeune. Les 2ᵉ, 3ᵉ et 4ᵉ vol. sont ornés de 3 frontispices et 75 figures de Le Bouteux, Le Barbier et Saint-Quentin, gravés par Née et Masquelier. Le frontisp. du tome 2 donne le profil de la Dauphine, Marie-Antoinette. Texte et musique gravés par Moria et Mᵐᵉ Vendôme. Légère différence dans la reliure.

414. — Choix de chansons mises en musique par M. de Laborde... *Paris, de Lormel,* 1773, 1 vol. In-8°, maroq. marron, fil., tr. dorée.

Tome 2 des Chansons de Laborde, orné de 1 frontisp. cont. le portrait de la Dauphine, Marie-Antoinette, et 25 fig. de Le Bouteux, gravés par Masquelier et Née.

415. La Chau et Le Blond (Abbés). Description des principales pierres gravées du cabinet de S. A. S. Mgr le duc d'Orléans. *Paris*, 1780-84, 2 vol. In-4°, veau brun, filets, tr. marbrée, fig.

416. La Fontaine. Fables choisies, mises en vers par J. de La Fontaine. *Paris, Desaint et Saillant*, 1755-1759, 4 vol. In-fol. veau marbré, dos ornés, filets sur les plats, dent. int. tr. dorées.

Avec les 276 fig. de Oudry, gravées par Aveline, Baquoy, Cochin, etc. Belles épreuves avant l'inscription sur la planche du Léopard.

417. — Contes et Nouvelles en vers, par M. de La Fontaine. *Amsterdam* (Paris), 1762, 2 vol. In-8°, veau marbré, dos ornés, dent. sur les plats et int., tr. dorée.

Bel ex. de l'édition dite des *Fermiers généraux*, illustrée des portraits de La Fontaine et d'Eisen gravés par Ficquet et de 80 pl. par Eisen. Ce charmant ouvrage contient en outre de nombreuses vignettes et culs-de-lampe par Choffard.

418. — Contes et Nouvelles en vers. *Paris, Didot l'aîné*, an III (1795), 2 vol. Gr. in-4°, demi-maroq. rouge, dos ornés, ent. non rog.

Bel exemplaire avec les 20 jolies figures de Fragonard, Mallet et Touzé.

419. — Les Amours de Psyché et de Cupidon, avec le poème d'Adonis. Édition ornée de figures dessinées par Moreau le jeune et gravées sous sa direction. *Paris, Didot le jeune*, l'an 3ᵉ (1795). In-4°, maroq. rouge, dos orné, comp. de fil. dent. int., tabis bleu, tr. dorée.

Portrait d'après Rigault, et 8 fig. de Moreau le jeune. 1 pl. remargée.

420. — Les Amours de Psyché et de Cupidon, suivies d'Adonis, poëme. Nouvelle édition ornée de 26 figures de Borel gravées en couleurs par Vigna-Vigneron. Préface de Jules Claretie. *Paris, Théophile Belin*, 1899, 2 vol. in-4°, cart. bradel, entièrement non rog.

421. Le Mierre. La Peinture, poëme en trois chants. *Paris, Le Jay*, s. d. (1769). In-4°, veau marbré, dos orné, fil., tr. dorée.

> Titre gravé, et 3 belles fig. de C. N. Cochin.

422. Malfilatre. Narcisse dans l'isle de Vénus, poëme en quatre chants. *Paris, Maradan*, s. d. (1769), in-8°, br.

> 1 titre par Eisen et 4 fig. de G. de Saint-Aubin.

423. Modes de Paris. Costumes d'enfans. In-4° demi-rel. veau.

> Suite de 24 charmantes pièces coloriées, représentant des costumes d'enfants de l'époque du 1er Empire.
> Recueil très rare et en parfait état de conservation.

424. Molière. Œuvres, nouvelle édit. *Paris*, 1734. 6 vol. gr. in-4°, veau porphyre, dos ornés, fil., dent. int., tr. dor.

> Portrait p. Coypel, gravé par Lepicié : fleurons et 33 fig. par Boucher, gravées par L. Cars, et 198 vign. par Boucher, Blondel et Oppenord. Quelques ff. détachés de la reliure.

425. Montesquieu (Ch. S. de). Le Temple de Gnide. Nouvelle édition avec figures gravées par N. Le Mire, d'après les dessins de Ch. Eisen, texte gravé par Drouët. *Paris, Le Mire, graveur*, 1772. In-8°, veau, dos orné, fil., tr. dorée.

> Frontispice renfermant le portrait de Montesquieu en médaillon, titre gravé, vignette et 9 ravissantes fig.

426. Ovide. Les Métamorphoses d'Ovide, gravées sur les dessins des meilleurs peintres français, par les soins des sieurs Le Mire et Basan, graveurs. *A Paris, chez Basan et Le Mire*, 1767, In-4°, rel. veau, tr. dorée.

> Album contenant les 140 charmantes figures dessinées par Boucher, Eisen, Gravelot, Leprince, Monnet, Moreau, Parizeau et Saint-Gois, ainsi que les 3 pages de dédicace, le cul-de-lampe de Choffard et la table des planches.

427. Patas. Sacre et couronnement de Louis XVI, roi de France et de Navarre, à Rheims, le 11 juin 1775 (par l'abbé Pichon), précédés de recherches sur le sacre des rois de France (par Gobet). *Paris, chez Vente et Patas*, 1775. In-4°, maroq. vert, dos orné de fleurs de lys, fil. dent., int. (Rel. aux armes de France.)

> Titre gravé, frontisp., 14 vignettes et 48 fig. Le plan de la ville de Reims est en mauvais état.

428. Racine. Œuvres. *Paris*, 1760. 3 vol. in-4°, veau racine, fil., tr. marbrée.

> Portrait gravé par Daullé, 12 figures, 16 vignettes et fleurons et 60 culs-de-lampe par de Sève, grav. par Aliamet, Baquoy, Lemire, Flipart et autres.

429. Recueil des Festes, feux d'artifices et pompes funèbres ordonnées pour le Roi, par MM. les premiers gentilshommes de sa Chambre. *A Paris, de l'imprimerie de Ballard*, 1756. Gr. in-fol. veau ant., aux armes de Louis XV, dent., tr. dorée.

> 16 pl. de C. N. Cochin. Mouillures.

430. Réjouissances et fêtes magnifiques qui se sont faites en Bavière l'an 1722, au mariage de S. A. S. Mgr. le Prince électoral avec S. A. S. Madame la Princesse Marie-Amélie, etc., etc., et une description abrégée des palais où ces fêtes ce sont passées. *Munich*, 1723. Petit in-fol., cart.

> Illustré de 20 pl. doubles gravées sur cuivre donnant les vues perspectives des palais et jardins de Bavière.

431. Sacre (Le) de Louis XV. Roy de France et de Navarre, dans l'Église de Reims, le dimanche XXV octobre 1722. S. l. n. d. (*Paris*, 1723). Gr. in-fol. mar. vert, aux armes royales, larges et riches ornements, tr. dor. (Reliure fatiguée.)

> Titre-frontispice, 8 grandes vignettes, 9 grandes pl. doubles, et 28 pl. des Habillements (au lieu de 30).

432. Saint-Aubin (AUGUSTIN DE). Habillements à la mode de Paris, en l'année 1761. In-8°, demi-rel. maroq. Lavall.

> Suite complète de 6 charmantes petites pièces gravées par J. Gillberg. Elles sont tirées en sanguine sans marges et collées en plein.

433. Saint-Non (ABBÉ RICHARD DE). Voyage pittoresque, ou description des royaumes de Naples et de Sicile. *Paris, de l'imprimerie de Clousier*, 1781-86, 4 tomes en 5 vol. in-fol. veau brun, dos ornés, filets, dent. et ornements à froid sur les plats, tr. dorée.

434. — Recueil de Griffonnis, de Vues, Paysages, Fragments antiques et Sujets historiques gravés tant à l'eau-forte qu'au lavis... d'après différents Maîtres des Écoles Italiennes et de l'École Française. 294 planches tirées sur 163 feuilles y compris le titre, in-fol. demi-chag. rouge.

Intéressant recueil contenant de nombreux croquis d'après Fragonard, Hubert Robert et autres. On y a joint un prospectus de la publication.

435. **Tableaux** de l'habillement, des mœurs et des coutumes dans la République Batave, au commencement du xixᵉ siècle. *A Amsterdam, chez Maaskamp*, s. d. (1805). In-4°, demi-veau rac. dos orné, coins, n. rog.

Frontispice et 20 planches en couleurs.

436. **Tasse** (Le). Jérusalem délivrée, poëme du Tasse. Nouvelle traduction (par Lebrun). *Paris, Musier*, 1774, 2 vol. In-8°, veau marbré, dos orné, tr. marb.

2 titres avec fleurons gravés par Drouet, 2 frontisp. avec portrait en médaillon. 20 fig. culs-de-lampe et vignettes représ. les portraits en médaillons des héros et héroïnes du poëme, par Gravelot.
Légère mouillure au Tome Iᵉʳ.

437. **Vadé**. Œuvres poissardes de J.-J. Vadé, suivies de celles de L'Écluse. *Paris, Defer de Maisonneure*, 1796. In-4°, chag. noir, tr. dorée.

Illustré de 4 charmantes figures imprimées en couleurs d'après les dessins de Monsiau.

438. **Voltaire**. Recueil de 31 figures de Gravelot pour illustrer les œuvres de Voltaire. In-4°, demi-percal. noire.

439. **Watteau**. Livre de différents caractères de têtes inventez par M. Watteau et gravez d'après ses dessins par Filloeul. *A Paris, chez François Chéreau*, 1752. In-4°, demi-maroq. brun, coins, tête dorée.

Suite composée d'un titre orné et de 27 pl. gravées par Filloeul, d'après Watteau. Une de ces planches : « Bon voyage », est gravée à l'eau-forte par le comte de Caylus. Belles épreuves à grandes marges, sauf 2 pièces, d'une suite rare et recherchée.

440. **Zacharie**. Les quatre parties du Jour, poëme traduit de l'allemand de M. Zacharie (par Muller). *Paris, Musier fils*, 1769, gr. in-8°, maroq. vert, dos orné, triple filet sur les plats, dent. int., tête dorée, n. rog.

Orné de 1 frontisp. 4 fig., 4 vignettes et 4 culs-de-lampe par Eisen, gravés par Baquoy. Bel exemplaire non rogné.

LIVRES D'ART ANCIENS ET MODERNES

441. Artistes célèbres. *Paris, librairie de l'Art*, 6 vol. in-4°, br. et cart., gravures.

> Les Boulle, par H. Havard. — A. Bosse, par Valabrègue .— Donatello, par Eug. Müntz. — J. Lamour, par Cournault. — H. Robert, par Gabillot. — Ph. Delorme, par Marius Vachon.

442. Baltard (Victor). Villa Médicis à Rome. *Paris*, 1847. In-fol. en carton.

> Texte explicatif et 18 pl.

443. Barbault (Jean). Les plus beaux monuments de Rome ancienne, 1761. — Les plus beaux édifices de Rome moderne, 1763. *Paris*, 1761-63, 2 vol. in-fol. demi-chag. rouge. tr. j.

> Illustré de nombreuses planches gravées sur cuivre.

444. Bérain (Jean). Ornements peints dans les appartements des Tuileries, dessinez et gravez par Bérain. *Paris, N. Langlois* (vers 1690). In-4° de 20 pl., demi-maroq. rouge, n. rog.

> Réimpression de ce livre rare, publiée à Londres en 1888.

445. Blandot. Maisons et écoles communales de la Belgique. *Paris et Liège*, 1869. In-fol. en carton.

> 120 pl. accompagnées d'un texte descriptif et explicatif.

446. Bloemaert (Abraham). Fondamenten der Teecken-Konst aerdich ge inventeert door Abr. Bloemaert. Fridericus Bloemaert fecit. Nicolaus Visscher exc. S. l. n. d. (*Amsterdam, vers 1625*). In-fol., vélin blanc.

> 1re édit. cont. 140 pl, gravées dont une partie en clair-obscur. On y a joint un portrait de Bloemart. Les pl. 14 et 83 manquent. Le titre-frontisp. est remonté.

447. Boucher fils (Juste-François). Recueil de décorations intérieures. *Paris, Lévy*, s. d. In-fol. en carton.

> 60 pl. reproduites en fac-similé d'après l'édition de Chéreau (vers 1775).

448. Catalogues illustrés, de ventes de tableaux, dessins, objets d'art; 10 vol. In-4° br.

> Collections Armand Doria, Gavet, Muhlbacher, de Bryas, Guyot de Villeneuve, Decloux, Lelong, etc.

449. Chasse (Ouvrages sur la). Réunion de 14 vol. in-8° et in-12, cart. et br.

> Essai sur l'éducation des animaux, par Léonard, 1842. — De la chasse du cerf, d'après le manuscrit de l'Institut, 1859. — Récit d'un vieux chasseur, par J. La Vallée, 1858. — Dressage du chien d'arrêt, par Verrier. — Voyages et chasses dans l'Himalaya, par J. Gérard, 1862. — Chasses dans l'Amérique du Nord, par Révoil, 1861. — Du Tir du gibier, par Jules Petit, 1885. — Du Tir au pistolet, par M. A. d'H., 1843. — La chasse au Coq de bruyère, par Léon de Thier, etc.

450. Chasse (Ouvrages sur la). Réunion de 10 vol. in-8° et in-12, cartonnés.

> La Chassomanie, poëme, par Deyeux, 1844, 16 pl. — Le chasseur au chien d'arrêt, par Blaze, 1839. — Manuel du chasseur au chien d'arrêt, par Léonce de Curel, 1861. — La Chasse à tir mise à la portée de tous, par Boussenard. — Almanach des chasseurs et des gourmands. — La Chasse et le paysan, par Sclafer. — Le Tir au Pistolet, par M. A. d'H., 1843. — Le Tir pratique et les armes de chasse, par Faure. — Traité de la chasse aux oiseaux, par Bulliard, 1818. — Loi de la police de la chasse, 1844.

451. Cicognara. Storia della scultura dal suo risorgimento in Italia fino secolo di Canova. *Prato*, 1823. In-fol. demi-veau f., tr. j.

> Atlas seul cont. 185 pl. gravées au trait.

452. Contile (Luca). Ragionamento di Luca Contile sopra la proprietà delle imprese, con le particulari de gli Academici affidati et con le interpretatione et croniche. *Pavia, Girol. Bartoli*, 1574. In-fol. vél. blanc.

> Curieuses gravures sur cuivre. Rel. en mauvais état.

453. Defrasse et Lechat, Epidaure. Restauration et description des principaux monuments du sanctuaire d'Asclépios. *Paris, Quantin*, 1895. In-fol., br.

> Nombreuses pl. hors texte.

454. **Degen** (Louis). Motifs de décoration, et d'ornement des constructions en bois. — Les constructions en briques. *Paris*, 1859. 2 vol., in-fol. en cartons.

46 et 30 pl. en couleurs.

455. **Destailleur** (H.). Recueil d'estampes relatives à l'ornementation des appartements aux xvie, xviie et xviiie siècles. *Paris, Rapilly*, 1871, 2 vol. in-fol. en cartons.

144 pl. gravées sur cuivre d'après Du Cerceau, Le Pautre, Marot, Meissonnier, Oppenort, Lalonde, Forty, etc.

456. **Diderot et d'Alembert**. Encyclopédie, ou dictionnaire raisonné des sciences, des arts et des métiers... *Genève*, 1778, *Lyon*, 1781, 44 vol. in-4° cartonnés, dont 3 vol. de planches.

457. **Du Cerceau** (J.-A.). Les plus excellents bastiments de France. Sous la direction de H. Destailleur. Gravés en fac-simile par Faure Dujarric. Nouvelle édit., augm. de planches inédites de Du Cerceau. *Paris, Lévy*, 1868-70. 2 vol. in-fol. demi-maroq. rouge avec coins, tête dorée, n. r.

Réimpression fac-similé de l'édit. de 1576 cont. 139 pl. gravées, montées sur onglets.

458. **Du Cerceau** (Jacques-Androuet dit). OEuvres. Meubles, 52 pl. — Cheminées, 22 pl. *Paris, Baldus*, s. d. 2 vol. in-fol. en cartons.

Réimpression de ces deux ouvrages par l'héliogravure Baldus.

459. **Dutuit** (La collection). Livres et manuscrits. *Paris, Morgand*, 1899. In-fol., cartonné, n. rog.

42 pl. en noir et en couleurs.

460. **Entrée de Henri II à Lyon**. La magnifica et triumphale entrata del Re... Henrico secondo nella citta di Lione, 1548. *In Lyone*, 1549. Petit in-4°, vélin.

Illustré de 15 gravures sur bois, par Bernard Salomon et de nombreuses lettres ornées. Mouillures et piqûres de vers.

461. Entrée triomphante de leurs Majestez Louis XIV, Roy
de France et de Navarre, et Marie-Thérèse d'Autriche, son
épouse, dans la ville de Paris capitale de leurs royaumes, au
retour de la signature de la paix générale... *Paris, Pierre Le
Petit*, 1662. In fol. veau ant., écussons sur les plats. Portrait et 22 pl. gravés.

> Dos et coins recouverts en demi-rel. chag. noir, fatiguée.

462. Envois de Rome (Les). Restaurations des monuments
anciens reproduites d'après les dessins originaux de MM. les
architectes pensionnaires de l'Académie de France à Rome.
1re partie : architecture grecque. *Paris, Pourchet*, s. d.
Gr. in-4° en carton.

> 66 planches.

463. Fasciculus temporum omnes antiquorum cronicas com-
plectes (par Werner Rolewinck de Cologne). In-fol. goth. de
6 ff. non chiff. et 90 ff. chiff. (imprimé à Strasbourg par
Prüss le père vers 1488), rel. vélin.

464. Germain (PIERRE). Éléments d'orfèvrerie divisés en deux
parties de cinquante feuilles chacune. *Paris, Rouveyre*, s. d.
2 vol. in-4°, br.

> Réimpression en fac-similé de l'édition de 1748.

465. Geymüller (BARON HENRY). Les Du Cerceau, leur vie et
leur œuvre. *Paris, librairie de l'Art*, 1887. In-4°, br., fig.

466. Grasset (EUGÈNE). La plante et ses applications ornemen-
tales. *Paris, Lévy*, s. d. (1896). In-fol. demi-maroq. rouge,
coins, dos à nerfs, tête dorée, n. rog.

> 72 pl. en couleurs.

467. Guilmard (D.). Les maîtres ornemanistes, dessinateurs,
peintres, architectes, sculpteurs et graveurs. Écoles française,
italienne, allemande et des Pays-Bas... *Paris, Plon*, 1880.
1 vol. in-4° de texte et 1 vol. gr. in-4° de pl. reliés demi-
maroq. rouge, dos à nerfs, tête dorée, n. rog.

468. Icones illustrium feminarum veteris Testamenti — Icones
illustrium feminarum Novi Testamenti. *S. l. n. d.* Petit in-4°,
rel. vélin.

La première partie contient un titre et 20 pl. gravées par J. Collaert, d'après M. de Vos; la deuxième, un titre et 15 pl. gravées par C. de Mallery d'après M. de Vos et éditées par Ph. Galle.

469. Jousse (Mathurin). La Fidelle ouverture de l'art du ser-rurier, composé par M. Jousse, accompagné d'une notice historique par H. Destailleur. *Paris, Lévy,* 1874. Petit in-fol., demi-rel., dos et coins de maroq. brun, tête dorée, n. rog.

470. Kerr. The gentleman's house; or, how to plan english residences. *London,* 1871. — English country houses. Sixty-one views and plans of recently erected mansions, private residences, parsonage-houses, farm-houses, lodges, and cottages, by W. Wilkinson. 2ᵉ édit. *London,* 1875. Ens. 2 vol. in-8, cartonnés toile, figures.

471. Laloux et Monceaux. Restauration d'Olympie. L'his-toire. — Les monuments. — Le culte et les fêtes. *Paris, Quentin,* 1889. In-fol., br.

    Nombreuses pl. hors texte.

472. Lamour (Jean). Recueil des ouvrages en serrurerie, que Stanislas le Bienfaisant, Roy de Pologne... a fait poser sur la place royale de Nancy, à la gloire de Louis le Bien-Aimé. *Paris, Lévy,* s. d. In-fol. en carton.

    Réimpression fac-similé de l'édit. du 18ᵉ s.

473. Le Roy. Les ruines des plus beaux monuments de la Grèce. 2ᵉ édit. *Paris, impr. Delatour,* 1770, 2 tomes en 1 vol. In-fol. veau porphyre, dos orné, fil., dent. int., tr. dorée.

    Illustré de belles planches gravées par Le Bas et autres,

474. Mérimée (Prosper). Chronique du règne de Charles IX. Illustrations de Edouard Toudouze. *Paris, Testard,* 1889. In-4°, demi-maroq. grenat, dos à nerfs, coins, tête dorée, n. rog. couv. (Dans un étui.)

475. Millin (Aubin-Louis). Antiquités nationales, ou recueil de monuments pour servir à l'histoire générale et particulière de l'empire français... *A Paris, chez Drouhin,* 1790-1798. 5 vol. in-4°, demi-bas. marbrée, dos ornés, coins, tête rouge, n. rog., planches.

476. Nolli (Carlo). Dell'arco Trajano in Benevento inciso, e posto in luce da Carlo Nolli nell'anno 1770 in Napoli. In-fol. demi-rel.

Frontispice et 8 pl. gravées.

477. Norman Shaw (R.). Sketches for Cottages, etc. *Londres*, 1878. In-4°, percal. grise de l'éditeur.

28 pl. en photo-lithog., d'après les dessins de M.-B. Adam.

478. Oppenord (Gille-Marie). Œuvres. Contenant différents fragments d'architecture et d'ornements à l'usage des bâtiments sacrés, publics et particuliers, gravés et mis au jour par Gabriel Huquier. *Paris*, s. d. In-fol. demi-chag. grenat, dos orné, n. rog.

Réimpression fac-similé, publiée par Rouveyre.

479. Palladio (A.). The architecture of A. Palladio; in four books. Containing a short Treatise of the Five Orders, and the most necessary observations concerning all sorts of building...by Giacomo Leoni. The second edition. *Londres*, 1721. 2 vol. in-fol., veau. (Rel. fatiguée.)

480. Paris et ses souvenirs. Recueil de 24 vues de Paris, dessinées et lithographiées par Arnout père et fils. In-fol. oblong, demi-rel.

Belles épreuves coloriées.

481. Percier et Fontaine. Palais, maisons et autres édifices modernes dessinés à Rome. *A Paris, chez Ducamp*, an VI (1798). In-fol., demi-chag. vert, tête jaspée, n. rog.

Premier tirage.

482. — Résidences de souverains. Parallèle entre plusieurs résidences de souverains de France, d'Allemagne, de Suède, de Russie, d'Espagne et d'Italie. *Paris*, 1833. 1 vol. in-4° de texte et atlas, in-fol. de 38 pl. demi-chag., tr. j. (Reliure différente.)

483. Pfnor (R.). Monographie du Château d'Anet, construit par Philibert de L'Orme en 1548. *Paris*, 1867. In-fol., demi-chag. mar., coins, dos orné, tr. d.

Texte historique et descriptif, illustré de 24 fig. et 58 pl. gravées, montées sur onglets.

484. Pontremoli et Haussoullier. Didymes. Fouilles de
1895 et 1896. *Paris, Leroux*, 1903. In-4°, br.

> 20 pl. doubles en héliogr. hors texte.

485. Portraits des rois de France..., depuis Pharamond jusqu'au roy Louis XIV. *A Paris, chez Boissevin*, s. d. 66 portraits
en 1 vol. in-4°, rel. vélin.

486. Rayet et Collignon. Histoire de la céramique grecque.
Paris, Decaux, 1888. In-4°, demi-maroq. grenat, dos à nerfs,
coins, tête dorée, n. rog., couv. cons., fig. (En étui.)

> Envoi autographe.

487. Recueil de planches, sur les sciences, les arts libéraux et
les arts méchaniques, avec leurs explications. *Paris, Briasson*,
1768-72, 5 vol. in-fol., cart.

> Tomes 6 à 10.

488. Restauration des monuments antiques, par les architectes, pensionnaires de l'Académie de France à Rome, depuis
1788 jusqu'à nos jours. *Paris, Didot*, 1877-1890, 7 vol. in-fol.
cartonnés demi-toile bleue.

> Percier, la Colonne Trajane, 13 pl. — Lesueur, la Basilique Ulpienne,
> 6 pl. — Labrouste, Temples de Pœstum, 21 pl. — Dubut, Temple de la
> Pudicité, et Cousin, Temple de Vesta, 8 pl. — Garnier (Ch.), le Temple
> de Jupiter Panhellénien, 13 pl. — Paulin, Thermes de Dioclétien, 25 pl.

489. Reynaud (LÉONCE). Traité d'architecture, contenant des
notions générales sur les principes de la construction et sur
l'histoire de l'art. *Paris*, 1850-58. 2 vol. in-4°, de texte et
2 atlas in-fol. de pl., demi-chag. grenat, tr. j.

490. Roger-Milès (L.). Comment discerner les styles du
VIIIe au XIXe siècle. Le costume et la mode. *Paris, Rouveyre*,
s. d. In-4°, dans le cartonnage artistique de l'éditeur, n. rog.

491. Serlio. Il terzo libro di Sebastiano Serlio. *Venetia*, 1562.
Petit in-fol., fig. sur bois, demi-rel. veau.

492. Serlio (SÉBASTIEN). Les cinq livres de l'architecture de
Séb. Serlio (en hollandais). *Amsterdam*, 1606. Petit in-fol.,
rel. vélin.

> Illustré de curieuses figures sur bois.

493. Shaw (HENRY). Specimens of Tile pavements drawn from existing authorities. *Londres, Pickering,* 1858. In-4°, demi-chag. marron, n. rog.

    47 pl. en couleurs de carrelage et mosaïque.

494. Thirion (H.). Les Adam et Clodion. *Paris, Quantin,* 1885. In-4°, demi-maroq. grenat, dos à nerfs, coins, tête dorée, n. rog. (Dans un étui.)

495. Tijou (JEAN). Nouveau livre de dessins inventé et dessiné par Jean Tijou. *Londres, Batsford,* 1896. In-fol., cartonné demi-vélin blanc.

    Réimpression de l'édition de 1693, contenant 1 titre et 19 pl. de ferronnerie.

496. Viollet-le-Duc. Dictionnaire raisonné de l'architecture française du xi° au xvi° siècle. *Paris, Bance,* 1854 et *Morel,* 1868. 9 vol. in-8°, demi-chag. vert, dos ornés, tr. j.

    Ex. de premier tirage auquel il manque le tome 10, qui est le vol. de table.

497. Vitruve. Raison d'architecture antique, extraicte de Vitruve, et autres anciës architecteurs, nouvellement traduite d'Espaignol en François, à l'utilité de ceux qui se delectent en édifices. *A Paris, de l'imprimerie de Regnaud Chaudière et Claude son fils,* 1550. Petit in-4°, demi-maroq. vert jans.

    Illustré de jolies gravures sur bois.

498. — Les dix livres de l'architecture de Vitruve, corrigez et traduits nouvellement en françois, avec des notes et des figurez. Seconde édition revue, corrigée et augmentée par M. Perrault... *A Paris, J.-B. Coignard,* 1684. In-fol., maroq. rouge, dos orné, filets, écusson armorié sur un plat, dent. int., tr. dorée.

499. Papier blanc. Album de papier blanc (commencement du xix° siècle). Petit in-4°, maroq. rouge, dent., dos orné, tr. dorée.

    Les 12 premiers feuillets sont manuscrits.

500. **Portefeuille** en maroquin rouge, large dent., comp., dos
orné, format in-fol.

501. **Reliure** en maroquin rouge, aux armes de *L. H. de Bour-
bon-Condé*, datée 1723. Chacun des plats est décoré de 4 fleurs
de lys aux angles et d'une large bordure ornée, ainsi que le
dos, d'un semis de fleurs de lys.

> Reliure très fraîche convertie en buvard.

502. Sous ce numéro il sera vendu quelques lots d'ornements ou
de livres non catalogués.

ESTAMPES ET DESSINS

ALKEN (d'après).

503. Sujets de chasse à tir, suite de 4 pièces, gravées par Pollard.
In-4° en larg.

> Belles épreuves coloriées, avec marges.

BOUCHER (d'après F.).

504. L'Agréable Leçon, gravé par R. Gaillard. In-fol.

> Belle épreuve encadrée.

505. Les Bacchantes endormies, gravé par R. Gaillard. In-fol.

> Très belle épreuve encadrée.

506. Deux Amours dans l'espace; l'un d'eux soulève une dra-
perie. Gravé par Demarteau. In-fol. en larg.

> Belle épreuve, imprimée en couleurs, encadrée.

507. Amours couchés jouant avec des grappes de raisin, gravé
par Demarteau. In-fol. en larg.

> Très belle épreuve, imprimée en couleurs, encadrée.

508. Têtes d'Amours, 2 pièces faisant pendant, gravées à la
manière du crayon. In-4°.

> Très belles épreuves, tirées sur papier bleu, avec rehauts de gouache.
> Cadres anciens en bois sculpté et doré.

BOUCHER (d'après F.).

509. Buste de jeune femme décolletée pressant contre son sein des colombes, gravé aux 3 crayons par Demarteau (n° 510). In-4°.

> Belle épreuve imprimée en couleurs, encadrée.

510. Tête de femme, les yeux au ciel, des perles dans les cheveux; gravé aux 3 crayons par Demarteau (n° 155). In-4°.

> Belle épreuve imprimée en couleurs, encadrée.

511. Tête de jeune femme, vue de face, épaules découvertes; gravé aux 3 crayons par Demarteau (n° 249). In-4°.

> Belle épreuve imprimée en couleurs, encadrée.

512. Tête de femme renversée en arrière les yeux au ciel; gravé aux 3 crayons par Demarteau (n° 149). In-4°.

> Belle épreuve imprimée en couleurs, encadrée.

513. Tête de jeune fille renversée et levée vers la gauche, de profil; gravé aux 3 crayons par Demarteau (n° 151). In-4°.

> Belle épreuve imprimée en couleurs, encadrée.

514. Tête de femme, penchée sur le côté et regardant à droite, épaules nues; gravé aux 3 crayons par Demarteau (n° 217). In-4°.

> Belle épreuve imprimée en couleurs, encadrée.

515. Jeune homme en buste tenant de la main droite un crayon à dessin; gravé aux 3 crayons. In-4°.

> Belle épreuve impr. en couleurs, encadrée.

CASA (Niccolo della).

516. Portrait de Henri II, debout, à mi-corps, vêtu d'une cuirasse très ornementée, 1547. In-fol.

> Belle épreuve d'une estampe de la plus grande rareté.
> Elle est en très bon état de conservation.

DESRAIS (d'après).

517. Marie-Antoinette, archiduchesse d'Autriche, Reyne de France, en robe de Cour, gravé par Deny. *A Paris, chez Basset.* Petit in-fol.

> Belle épreuve à grandes marges, encadrée.

FRAGONARD (d'après).

10   518. Le Verrou, gravé par Blot. In-fol., en larg.

GREUZE (d'après).

40   519. La Cruche cassée, gravée par Massard, en 1773. In-fol.

   Belle épreuve encadrée

20   520. L'enfant gâté, gravé par Maleuvre, sous la direction de
   Lebas. In-fol.

   Très belle épreuve, sans marge, encadrée.

HANCOCK (d'après C.).

45   521. The right honorable lord Middleton Spaniels and pony.
   Gravé à la manière noire, par W. Giller. Gr. in-fol. en larg.

   Belle épreuve, encadrée.

HOLLAR (Wenceslas).

101   522. Calice richement décoré, d'après Mantegna. In-fol.

   Très belle épreuve avec marges.

HUET (d'après J.-B.).

   523. L'Amant écouté. — L'Éventail cassé. *A Paris, chez Bonnet,*
   2 pièces in-fol.

800   Belles épreuves imprimées en couleurs avec marges, cadres avec
   frontons.

   524. Les Sentiments de la Nation, gravé par Janinet. Petit in-fol.

305 ·   Belle épreuve, imprimée en couleurs, d'une pièce rare, représentant
   Marie-Antoinette, tenant dans ses bras le Dauphin devant le buste de
   Louis XVI.

   525. Le Matin. — Le Midi. — L'Après-Midi. — Le Soir. 4 pièces
1.250   sujets champêtres, gravées par Demarteau. In-fol. en larg.

   Très belles épreuves, imprimées en couleurs, 2 sont avec marges.

   526. Le Printemps. — L'Été. 2 pièces faisant pendant, gravées
550   par Demarteau, 1785. In-fol. en larg.

   Belles épreuves imprimées en couleurs, encadrées.

HUET d'après (J.-B.).

527. La Conversation des Fermières, gravé par Briceau. In-fol.,
en largeur.

> Très belle épreuve imprimée en couleurs avec marges, encadrée.

528. Jeune Femme jouant de la mandoline. — Jeune Femme
lisant. 2 portraits dans des encadrements ovales, gravés par
Demarteau. In-fol.

> Très belles épreuves imprimées en couleurs.
> Ces portraits passent pour être ceux de Mme Huet et de sa belle-sœur.
> Encadrés.

529. La Fillette au chien ; gravé par Demarteau. In-4º.

> Très belle épreuve, imprimée sur papier bleu avec rehauts de gouache.

530. Groupe de trois enfants, dont l'un tient un chat. Au premier
plan une tête de chien. Gravé aux 3 crayons par Demarteau (nºˢ 348). In-4º.

> Belle épreuve imp. en couleurs, encadrée.

531. La Petite Fermière ; gravé par Bonnet. Petit in-4º, en larg.

> Belle épreuve imprimée en couleurs, encadrée.

532. Bergère assise près de son troupeau, gravé aux 3 crayons.
In-4º en larg.

> Belle épreuve imprimée en couleurs, cadre ancien, en bois sculpté.

533. Vénus et l'Amour ; gravé par L.-M. Bonnet. In-4º.

> Très belle épreuve imprimée en couleurs, encadrée.

534. Thétis écoute Protée qui lui prédit qu'elle aurait un fils
plus puissant que son père : gravé par L.-M. Bonnet. In-4º.

> Belle épreuve imprimée en couleurs, encadrée.

535. Euridice, courant sur l'herbe avec d'autres nymphes, est
mordue d'un serpent au talon et meurt ; gravé par L.-M.
Bonnet. In-4º.

> Bonne épreuve imprimée en couleurs, encadrée.

JONES (d'après S. J. E.).

536. Royal Mails, starting from the post office, Lombard Street,
1827. In-fol., en larg.

> Belle épreuve coloriée, encadrée.

LE BEAU.

537. Portrait de Marie-Antoinette, reine de France, d'après le
tableau de Mauperin, 1774. In-8°.

Belle épreuve, encadrée.

LEPRINCE (d'après).

538. Villageoise à la fontaine; gravé à la manière du crayon.
Petit in-fol. en larg.

Épreuve encadrée.

MANTEGNA (Andrea).

539. La Danse de quatre femmes (Duplessis, 20). Petit in-fol. en
largeur.

Bonne épreuve, encadrée.
Bartsch attribue cette pièce à Zoan Andrea.

MARC-ANTOINE.

540. La Cassolette. d'après un dessin de Raphaël (B. 489).
In-fol.

Très belle épreuve, restaurée.

MARC-ANTOINE (École de).

541. Vénus et l'Amour, d'après Le Parmesan (B. t. 15, p. 37).
Petit in-fol.

Belle épreuve encadrée.

MORIN (J.).

542. Jacques Le Mercier, architecte, d'après Philippe de Cham-
paigne. In-4°.

Belle épreuve, petites marges.

PESNE (d'après Ant.).

543. Portrait de Jean Melchior Dinglinger, gravé par Joh.
Wolffgang, 1722. In-fol.

Très belle épreuve à grandes marges, encadrée.

PORTRAITS

544. Gille-Marie Oppenort, portrait ovale dans un riche encadrement, dessiné par Oppenort et gravé par Huquier. In-fol.

> Belle épreuve.

545. Juste-Aurèle Meissonnier, portrait ovale dans un encadrement orné, gravé par N. D. de Beauvais, d'après Meissonnier.
In-fol.

> Belle épreuve avec marges.

546. Portraits d'artistes : Bibiena, Charles De La Fosse, Ser-
vandoni, Soufflot, Watteau, 5 pièces. In-fol. et in-4°.

PRIEUR (d'après).

547. Compositions d'ornements. 2 pièces de forme ronde faisant pendant.

> Belles épreuves tirées sur fond bleu. Encadrées dans des cadres
> ovales en bois sculpté avec nœuds de rubans.

RIGAUD (d'après H.).

548. Samuel Bernard en pied, assis dans son cabinet de travail.
Gravé par P. Drevet, 1729. Gr. in-fol.

> Très belle épreuve avec marges.
> Encadrée.

549. Robert de Cotte : gravé par P. Drevet. In-fol.

> Très belle épreuve, encadrée.

ROSSO (d'après Le).

550. La Diane de Fontainebleau, médaillon ovale dans un encadrement richement décoré. In-fol. en largeur.

> Belle épreuve sans marge.

551. La Gloire représentée par une femme ailée qui tient une
trompette dans chaque main. Gravé par Dominique del Bar-
biere (B. 7). Petit in-fol.

> Belle épreuve.

SON (N. DE).

552. Le Somptueux Frontispice de l'Église N. D. de Reims,
ville du Sacre, 1625. In-fol.

Superbe épreuve avec marge, encadrée.

TOCQUÉ (d'après Louis).

553. Portrait de Louis Phelypeaux, comte de Saint-Florentin,
gravé par J. G. Wille en 1751. In-fol.

Très belle épreuve avec marges, encadrée.

TROY (d'après F. DE).

554. Portrait de Jules Hardouin Mansard, gravé par Simonneau
l'aîné, 1710. In-fol.

Belle épreuve encadrée.

VAN FALENS (d'après C.).

555. Le Chasseur Fortuné. — Rendez-vous de Chasse. 2 pièces
gravées par J. Ph. Le Bas, 1745. In-fol.

Très belles épreuves, encadrées.

VERNET (d'après C.).

556. Chasseur au Tir, gravé à la manière noire par Jazet.
In-fol. en larg.

Très belle épreuve, encadrée.

WATTEAU (d'après ANT.).

557. Buste de jeune femme en costume de bergère, la tête
penchée en avant et regardant vers la droite, gravé aux
3 crayons par Demarteau. In-4°.

Belle épreuve imprimée en couleurs, encadrée.

DESSINS

558. Bertrand. Place et portail de l'église de Saint-Pierre. —
Hôpital du Saint-Esprit (à Besançon?). 2 p. in-4°.

Deux dessins à l'aquarelle de forme ronde.

559. Boucher (d'après). Vénus couchée. In-fol. en largeur.

> Beau dessin aux crayons de couleurs.
> Encadré.

560. Cavelier. Table de forme ronde ornée de bronzes et marqueteries. Le pied est décoré des figures allégoriques de Pallas et la Renommée. In-fol. en largeur.

> Beau dessin à l'aquarelle signé et daté 1829. Cadre en acajou.

561. École italienne. Dessins de sculptures décoratives pour carrosses. In-fol. en largeur.

> Dessin à la sépia. Déchirure restaurée. Encadré.

562. Huet (J.-B.). Têtes de moutons. In-fol. en larg.

> Très beau dessin signé.
> Encadré.

563. Lancret (attribué à). **Assemblée dans un parc**, dessin de forme ovale.

> Superbe dessin à la sépia.
> Très beau cadre ancien en bois sculpté et doré.

564. Oppenort. Maître-autel surmonté d'un baldaquin richement orné. In-fol.

> Très beau dessin à la plume.

565. Percier. Lit de repos pour Joséphine. In-4° en largeur.

> Joli petit dessin à l'aquarelle.
> Encadré.

566. Santi. Décoration d'un lambris. In-fol.

> Dessin à l'aquarelle signé.
> Encadré.

567. Thomire. Modèle de chandelier. Petit in-fol.

> Dessin à l'aquarelle sur fond noir.
> Encadré.

568. Divers. Alcôve richement décorée de colonnes, de lustres et de vases, contenant un lit à baldaquin orné de sculptures. In-fol. en largeur.

> Beau dessin à l'encre de Chine lavé de sépia. Cadre en bois sculpté et doré.

569. Divers. Trois hommes presque nus transportant sur un brancard un grand vase d'orfèvrerie richement orné. In-fol. en largeur.

> Beau dessin à l'encre de Chine, vigoureusement traité. Cadre en bois sculpté.

570. — Décoration intérieure d'une galerie. Deux motifs dans le même cadre. Gr. in-fol.

> Deux beaux dessins à l'encre de Chine, du xviiie siècle.
> Très beau cadre ancien en bois sculpté et doré.

571. — Guerrier romain à cheval, et portant un étendard. Gr. in-fol.

> Dessin à la sépia.
> Très beau cadre ancien en bois sculpté et doré.

572. — Chandelier pascal décoré de sculptures. In-fol.

> Dessin au lavis. Encadré.

573. — Torchère décorée de deux figures de femmes. In-4°.

> Dessin à la sépia. Encadré.

574. — Panneaux décoratifs ornés de figures de femmes, d'enfants, d'animaux et de fleurs. In-fol.

> 9 dessins à l'aquarelle signés : Ch. W.

575. — Un lot de dessins anciens et modernes, figures et ornements, 20 pièces.

Paris. — Typ. Philippe Renouard, 19, rue des Saints-Pères. — 47439